T0002593

El húsar

Arturo Pérez-Reverte nació en Cartagena, España, en 1951. Fue reportero de guerra durante veintiún años, en los que cubrió siete guerras civiles en África, América y Europa para los diarios y la televisión. Con más de veinte millones de lectores en todo el mundo, traducido a cuarenta idiomas, muchas de sus novelas han sido llevadas al cine y la televisión. Hoy comparte su vida entre la literatura, el mar y la navegación. Es miembro de la Real Academia Española.

Para más información, visita la página web del autor:
www.perezreverte.com

También puedes seguir a Arturo Pérez-Reverte en Facebook y Twitter:

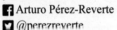 Arturo Pérez-Reverte
@perezreverte

Biblioteca
ARTURO PÉREZ-REVERTE

El húsar

DEBOLS!LLO

Papel certificado por el Forest Stewardship Council®

MIXTO
Papel procedente de
fuentes responsables
FSC® C117695
www.fsc.org

Penguin
Random House
Grupo Editorial

Primera edición en Debolsillo: junio de 2015
Sexta reimpresión: junio de 2022

© 1983, 2004, Arturo Pérez-Reverte
© 2015, Penguin Random House Grupo Editorial, S. A. U.
Travessera de Gràcia, 47-49. 08021 Barcelona
Diseño de la cubierta: Penguin Random House Grupo Editorial
Imagen de la cubierta: *Général comte Antoine de Lasalle* /
© Roger Viollet Collection / Getty Images

Printed in Spain – Impreso en España

ISBN: 978-84-9062-833-1
Depósito legal: B-9.613-2015

Impreso en Novoprint
Sant Andreu de la Barca (Barcelona)

P 62833 C

El húsar

Nota del autor

El húsar es mi primera novela. Escrita en 1983 entre dos reportajes de guerra —no tenía entonces intención de dedicarme a la literatura— y publicada casi por azar en una editorial con la que nunca mantuve buenas relaciones, he tardado casi veinte años en recuperar los derechos de publicación. Ahora sale de nuevo a la luz, por fin a gusto de su autor, con una adecuada revisión, corregida de erratas y aligerada de algunos adverbios y adjetivos innecesarios.

«Nunca me ha gustado el campo. Me pareció siempre algo triste, con sus interminables barrizales, sus casas vacías y sus caminos que no llevan a ninguna parte. Pero si a todo eso le añades la guerra, entonces ya resulta insoportable.»

L. F. CELINE, *Viaje al fin de la noche*

*A Claude, viejo compañero de guerras ajenas
y de caminos que no llevan a ninguna parte.*

1

La noche

La hoja del sable lo fascinaba. Frederic Glüntz era incapaz de apartar los ojos de la bruñida lámina de acero que refulgía fuera de la vaina, entre sus manos, arrojando destellos rojizos cada vez que una corriente de aire movía la llama del candil. Deslizó una vez más la piedra de esmeril, sintiendo un escalofrío al comprobar la perfección de la afilada hoja.

—Es un buen sable —dijo, pensativo y convencido.

Michel de Bourmont estaba tumbado sobre el catre de lona, con la pipa de barro entre los dientes, absorto en la contemplación de las espirales de humo. Cuando escuchó el comentario, torció el bigote rubio en señal de protesta.

—No es arma para un caballero —sentenció sin cambiar de postura.

Frederic Glüntz hizo un alto en la tarea y miró a su amigo.

—¿Por qué?

De Bourmont entornó los ojos. En su voz había un deje de aburrimiento, como si la respuesta fuese obvia.

—Porque un sable excluye cualquier filigrana… Es pesado y condenadamente vulgar.

Frederic sonrió, bonachón.

—¿Acaso prefieres un arma de fuego?

De Bourmont lanzó un horrorizado gemido.

—Por el amor de Dios, claro que no —exclamó con la distinción apropiada—. Matar a distancia no es muy honorable, querido. Una pistola no es más que el símbolo de una civilización decadente. Prefiero, por ejemplo, el florete; es más flexible, más…

—¿Elegante?

—Sí. Quizá sea ésa la palabra exacta: elegante. El sable es más instrumento de carnicería que de otra cosa. Sólo sirve para dar tajos.

Concentrándose en su pipa, De Bourmont dio por zanjado el asunto. Había hablado con aquel ligero ceceo suyo, tan peculiar y distinguido, que volvía a estar de moda y que tantos en el 4.º de Húsares se esforzaban en imitar. Los tiempos de la guillotina estaban lejos, y los vástagos de la vieja aristocracia podían ya levantar la cabeza sin temor a perderla, siempre y cuando tuviesen el tacto de no cuestionar los méritos de quienes habían escalado peldaños en el nuevo orden social mediante el valor de su espada, o de la mano de los próximos al Emperador.

Ninguna de aquellas circunstancias afectaba a Frederic Glüntz. Segundo hijo de un acomodado comerciante de Estrasburgo, había abandonado tres años antes su Alsacia natal para ingresar en la Escuela Militar, arma de caballería. De ella salió tres meses atrás, recién cumplidos los diecinueve, con la graduación de subteniente y un pliego de destino en el bolsillo: 4.º Regimiento de Húsares, a la sazón destacado en España. Para un joven oficial sin experiencia no era fácil, en la época, ingresar en un cuerpo de élite como la caballería ligera, codiciada por multitud de oficiales jóvenes. Sin embargo, una buena hoja de aplicación académica, ciertas cartas de recomendación y la guerra peninsular, que creaba vacantes de continuo, habían hecho posible el milagro.

Frederic dejó a un lado la piedra de esmeril y se apartó el cabello de la frente. Éste era castaño claro, abundante, aunque sin alcanzar aún la longitud adecuada para peinar la coleta y trenzas típicas de los húsares. El otro elemento capilar característico, un bigote, era a aquellas alturas una quimera; las mejillas del joven Glüntz no estaban cubiertas más que por una rala pelusilla rubia, que se hacía rasurar con la esperanza de que eso la fortaleciese. Todo ello daba a su apariencia un aire adolescente.

Contempló el sable, cerrando la mano en torno a la empuñadura, y jugó durante unos instantes con el reflejo del candil de aceite en la hoja.

—Es un buen sable —repitió satisfecho, y esta vez Michel de Bourmont se abstuvo de hacer comentarios. Se trataba del equívocamente llamado *modelo ligero para caballería del año XI*, una pesada herramienta de matar con hoja de treinta y siete pulgadas de longitud, según estipulaban las ordenanzas, lo bastante corta para que no arrastrase por el suelo y lo bastante larga para degollar con razonable comodidad a un enemigo a caballo o pie a tierra. En realidad era una de las armas blancas de uso más común en la caballería ligera, aunque la utilización de aquel modelo concreto no era obligatoria. Michel de Bourmont, por ejemplo, poseía un sable de 1786, más pesado, que perteneció a un pariente muerto en Jena, y del que sabía servirse con notoria soltura. Al menos eso afirmaban quienes le habían visto manejarlo en las estrechas callejas próximas al Palacio Real de Madrid, meses atrás, con la sangre chorreándole por la empuñadura y por la manga del dormán, hasta el codo.

Frederic se colocó el sable sobre las rodillas y lo contempló con orgullo; el filo era impecable. Para dar tajos, había dicho su camarada. Así era, pero el joven propietario no había tenido todavía la oportunidad de dar tajos con su sable, cuyo acero estaba intacto, sin mella alguna; virgen, si es que su rígida formación luterana le permitía recurrir mentalmente a aquella palabra. Virgen de sangre como el mismo Frederic lo era todavía de mujer. Pero aquella noche, lejos todavía el alba, bajo un cielo español cargado de densos nubarrones que ocultaban las estrellas, las mujeres eran algo muy remoto. Lo inmediato era el color de la sangre, el clamor del acero al chocar con otro acero enemigo, la polvorienta brisa, al galope, de un campo de batalla. Al menos, tales eran las previsiones del coronel Letac, el bretón arrogante, brutal y valeroso que mandaba el Regimiento:

—Ya saben, hum, caballeros, esos campesinos se concentran por fin; una carga, una sola, y correrán despavoridos por toda, ejem, Andalucía…

A Frederic le gustaba Letac. El coronel tenía una dura cabeza de soldado con cicatrices de sablazos en las mejillas, un tipo del año II, Italia con el Primer Cónsul y Austerlitz, y Jena, Eylau, Friedland… Europa de punta a punta, nada mal como carrera para haberla iniciado de simple cabo en la guarnición de Brest. El coronel le había causado a Frederic una excelente impresión cuando, recién incorporado al Regimiento, acudió a presentar sus respetos. La breve entrevista tuvo lugar en Aranjuez. El joven subteniente se había acicalado con extrema corrección, y enfundado en el elegante uniforme de paseo azul índigo con pelliza escarlata, botas altas y el corazón palpitándole con fuerza, acudió a ponerse a las órdenes del jefe del 4.º de Húsares. Letac lo había recibido en el despacho de su residencia, una lujosa mansión requisada, desde cuyas ventanas se veía describir al Tajo una graciosa curva entre los sauces.

—¿Cómo dijo...? Hum, subteniente Glüntz, ejem, ya veo, bien, querido, es un placer tenerle entre nosotros, adáptese, ya sabe, excelentes compañeros y demás, lo mejor, la crema de la crema, tradiciones y todo eso... Excelente paño el de ese dormán, excelente, ¿París?, claro, por supuesto, bueno, joven amigo, vaya a sus ocupaciones... Honre al Regimiento y demás, su familia, se lo aseguro, yo como un padre... Ah, y nada de duelos, mal visto, sangre caliente, fogosidad y todas esas cosas, muy censurable, cuando no haya elección, hum, honor, honor siempre, todo entre caballeros, ejem, en familia, cosa discreta, ya me, ejem, entiende.

El coronel Letac tenía fama de buen jinete y bravo soldado, requisitos básicos exigibles a cualquier húsar. Mandaba el Regimiento con mano firme, combinando cierto paternalismo con una disciplina eficiente aunque flexible, detalle este último muy necesario para controlar cuatro escuadrones de caballería ligera que, por tradición y carácter, formaban uno de los más audaces, ingobernables y valerosos regimientos imperiales. El estilo agresivo e independiente de los húsares, que tantos quebraderos de cabeza daba en momentos de calma, se revelaba extremadamente útil en campaña. Entre aquel medio millar de hombres, Letac gobernaba con una desenvoltura sólo explicable por su larga experiencia militar. El coronel procuraba ser firme, justo y razonable con sus hombres, y hay que hacerle el honor de reconocer que a menudo lo conseguía. También tenía fama de comportarse con crueldad frente al enemigo; pero nadie hubiese considerado eso como mengua de sus virtudes, tratándose de un húsar.

El filo del sable se encontraba ya en condiciones para cumplir, en forma irreprochable, la letal tarea para la que fue concebido. Frederic Glüntz hizo destellar por última vez la llama del candil a lo largo de la hoja y después lo introdujo delicadamente en la vaina, acariciando con los dedos la *N* imperial estampada sobre la guarda de cobre. Michel de Bourmont, que seguía fumando en silencio, sorprendió el gesto y sonrió desde el catre. No había en ello desdén alguno; Frederic ya sabía cómo interpretar cada una de las sonrisas de su amigo, desde la sombría —y a menudo peligrosa— media mueca que descubría la mitad de sus dientes blancos y perfectos, confiriéndole un remoto parecido con la expresión de un lobo a punto de atacar, hasta el gesto de camaradería no exento de ternura que, como en este momento, reservaba para las escasas personas a las que apreciaba. Frederic Glüntz era uno de esos privilegiados.

—Mañana es el gran día —le dijo De Bourmont entre una bocanada de humo, con el último vestigio de sonrisa aleteándole en los labios—. Ya sabes: una carga,

¿verdad?, que haga correr a esos campesinos por, ejem, Andalucía —la imitación de Letac era perfecta y sin malicia, y esta vez le llegó a Frederic el turno de sonreír. Después, todavía con el sable entre las manos, movió afirmativamente la cabeza.

—Sí —se esforzó en responder con el tono, adecuadamente despreocupado, que se suponía era propio de un húsar en vísperas de un combate en el que podía dejar la piel—. Por fin parece que las cosas van en serio.

—Eso dicen los rumores.

—Esperemos que esta vez estén fundados.

De Bourmont se incorporó hasta quedar sentado en el catre. La coleta y las dos finas trenzas rubias que le caían de las sienes hasta la altura de los hombros, según la más rancia tradición del Cuerpo, estaban impecablemente peinadas; el entreabierto dormán —la corta y ajustada chaqueta azul del 4.º de Húsares— dejaba ver una camisa de impoluta blancura; bajo el ceñido pantalón húngaro de montar —también azul índigo—, dos rutilantes espuelas ceñían las botas negras de piel de ternera, convenientemente lustradas. Tan correcta apariencia no dejaba de tener su mérito bajo la lona de aquella tienda, plantada en una meseta polvorienta de las cercanías de Córdoba.

—¿Lo has afilado bien? —preguntó, señalando el sable de Frederic con el caño de su pipa.

—Creo que sí.

De Bourmont sonrió de nuevo. El humo le hacía entornar los ojos, descaradamente azules. Frederic observó el rostro de su amigo, sobre el que la luz del candil arrojaba oscilantes sombras. Era un guapo mozo, cuyos modales y aplomo revelaban de inmediato un origen aristocrático. Procedente de una ilustre familia del Mediodía, su progenitor había tenido el buen juicio de convertirse automáticamente en el ciudadano Bourmont en cuanto los primeros *sansculottes* empezaron a mirarlo con ojos torvos. El reparto oportuno de ciertas tierras y riquezas, una no menos feliz profesión de fe antirrealista, y sutiles pero sólidas amistades entre los más notorios descabezadores de la época, le habían permitido capear con bastante desahogo la tormenta que se abatió sobre Francia, asistiendo con la anatomía íntegra y el patrimonio sólo parcialmente menguado al irresistible ascenso del advenedizo corso; término este último que, por supuesto, quedaba reservado a discretas conversaciones de almohada entre el señor y la señora De Bourmont.

Michel de Bourmont hijo, por consiguiente, era lo que antes de 1789, y ahora desde hacía pocos años, podía definirse sin excesivo riesgo para el interesado como *un joven de buena cuna*. Había abrazado la carrera militar a temprana edad, con dinero en la bolsa, aportando a su manera, en aquel torrente de fanfarrona vulgaridad que era el ejército napoleónico, un cierto estilo que, gracias a sus dotes personales, su generosidad y una especial intuición para el trato social, no sólo estaba lejos de irritar a iguales y superiores, sino que en el Regimiento llegó a considerarse de buen tono, y hasta a imitarse a menudo. Tenía juventud —acababa de cumplir veinte años en España—, simpatía, era apuesto y su valor estaba acreditado. Todo ello había permitido a Michel de Bourmont rescatar sin excesivas suspicacias del entorno el *de* tan oportunamente olvidado por su padre en los aciagos días del tumulto revolucionario. Por otra parte, su ascenso al empleo de teniente era cosa hecha, y sólo habían de mediar unas semanas antes de que fuera efectivo.

Para Frederic Glüntz, joven subteniente nutrido con todos los dilatados sueños de gloria que podía albergar una sólida cabeza de diecinueve años, el coronel Letac era lo que le gustaría llegar a ser, mientras que Michel de Bourmont era aquello que habría querido ser, encarnación de un rango personal y social que jamás, aunque en el futuro curso de su vida lograse hacer fortuna, alcanzaría. Ni siquiera Letac, que en veinte años de duras campañas había logrado cuanto un leal y ambicioso soldado podía desear, y estaba a un paso de convertirse en general del Imperio, poseería jamás ese aire distinguido de buena cuna, ese estilo peculiar de quien, en palabras del propio coronel, «hizo pipí de pequeño, ya saben, sobre auténticas alfombras de Persia...». De Bourmont tenía todo eso sin envanecerse demasiado por ello —no envanecerse en absoluto habría sido impropio de un oficial de húsares, el cuerpo más elitista, ostentoso y fanfarrón de toda la caballería ligera del Emperador—. Por eso el subteniente Frederic Glüntz, hijo de un simple burgués, lo admiraba.

Destinados como subtenientes en el mismo escuadrón, la amistad había brotado entre ambos jóvenes como solían ocurrir aquellas cosas a temprana edad: de forma imperceptible, partiendo de una mutua simpatía más apoyada en el instinto que en hechos razonables. Sin duda, que compartiesen la misma tienda como alojamiento de campaña había contribuido a estrechar los lazos entre ellos; un mes afrontando hombro con hombro las durezas de la vida militar unía mucho, sobre todo si se daba de por medio una afinidad en cuanto a gustos y sueños de juventud. Se habían hecho mutuas y discretas confidencias, y su intimidad se fue afirmando hasta llegar al tuteo, rasgo significativo del género de relación que mantenían, si se tiene en cuenta que entre la oficialidad del 4.º de Húsares se consideraba con sumo rigor el *usted* como fórmula protocolaria en cualquier conversación.

Un dramático suceso había señalado el momento en que la amistad entre Frederic Glüntz y Michel de Bourmont se consolidó. Ocurrió unas semanas atrás, cuando el Regimiento se hallaba acantonado en Córdoba, preparándose para salir de operaciones. Los dos subtenientes, francos de servicio, habían ido una noche a pasear por las callejuelas de la ciudad. El recorrido era ameno, la temperatura agradable, e hicieron varios altos en el camino para beber cierto número de jarras de vino español. Al pasar frente a una casa vieron fugazmente, tras una ventana iluminada, a una linda muchacha, y ambos permanecieron largo rato apostados frente a la reja, con la esperanza de contemplarla de nuevo. No fue posible y, decepcionados, resolvieron entrar en una taberna para que el vino andaluz borrase el recuerdo de la bella desconocida. Al franquear el umbral fueron alegremente saludados por media docena de oficiales franceses, entre los que se encontraban dos del 4.º de Húsares. Invitados a unirse al grupo, lo hicieron de buena gana.

La velada transcurrió en animada conversación, regada con jarras y botellas que un huraño tabernero servía sin interrupción. Pasaron un par de horas gratas, hasta que un teniente de cazadores a caballo llamado

Fucken, de codos sobre la mesa manchada de vino, expresó ciertas críticas sobre la lealtad al Emperador de algunos vástagos de la vieja aristocracia, lealtad que Fucken consideraba harto discutible.

—Estoy seguro —dijo— de que si los realistas lograran crear un auténtico ejército y nos enfrentásemos a ellos en campaña, más de uno de los que están con nosotros se pasaría al enemigo. Llevan las flores de lis en la sangre.

Que el comentario hubiese brotado entre los vapores del alcohol y el ambiente cargado por humo de pipas y cigarros no justificaba su impertinencia. Todos los presentes, incluido Frederic, miraron a Michel de Bourmont, y éste se creyó en la obligación de darse por aludido. Torció la boca con su característica sonrisa de lobo, pero la mirada que dirigió al imprudente, fría como un témpano, establecía con toda claridad que no había el menor rastro de humor en su gesto.

—Teniente Fucken —dijo con absoluta serenidad, en medio del silencio expectante que se había hecho en torno a la mesa—. Deduzco que su inoportuno comentario alude a una clase determinada a la que me honro en pertenecer… ¿Estoy equivocado?

Fucken, un lorenés de pelo rizado y ojos negros que recordaba vagamente a Murat en su apariencia, parpadeó incómodo. Era consciente de su desliz, pero varios oficiales presenciaban la escena. Resultaba imposible retractarse de lo dicho.

—Allá cada cual, si se da por aludido —respondió adelantando la mandíbula.

Todos los testigos se miraron unos a otros, con aire de haber comprendido lo que ya era inevitable. Sólo quedaba seguir con la máxima atención el ritual que, sin duda, vendría de inmediato. Los rostros permanecieron graves e interesados, dispuestos a no perder ningún detalle de la conversación. Cada uno de ellos retenía ya mentalmente las palabras y gestos que, cuando todo hubiese terminado, les permitirían narrar el suceso a los camaradas de sus respectivas unidades.

Frederic, que se veía por primera vez en tal situación, estaba sorprendido e incómodo, pues su bisoñez en esos lances no le impedía captar el significado de la dramática escena, ni sus consecuencias. Miró a su amigo De Bourmont, viéndole colocar el vaso sobre la mesa con deliberada lentitud. Un capitán, el oficial de más edad entre los presentes, murmuró un poco convincente «caballeros, seamos sensatos», para intentar apaciguar los ánimos, pero nadie se hizo eco ni prestó mayor atención. El capitán se encogió de hombros; también aquello formaba parte del ritual.

De Bourmont extrajo un pañuelo de la manga del dormán, secó cuidadosamente sus labios y se puso en pie.

—Las alusiones inoportunas suelo discutirlas con un sable en la mano —dijo con la misma sonrisa helada—. Aunque nos diferencia un grado, espero que, en honor al uniforme que ambos vestimos, esté dispuesto a darme la satisfacción de discutir el tema conmigo.

Fucken permanecía sentado, mirando con fijeza a su oponente. Al comprobar que no respondía, De Bourmont apoyó suavemente una mano sobre la mesa.

—Estoy al corriente —prosiguió en el mismo tono— de que los usos en este tipo de cuestiones desaprueban que dos oficiales de distinta graduación se enfrenten con las armas en la mano por cuestiones privadas… Pero como mi ascenso a teniente ya está aprobado, y recibiré el despacho dentro de pocas semanas, estimo que los aspectos formales del asunto quedan cubiertos de ese modo. Podríamos aguardar a que mi nuevo grado sea efectivo; pero ocurre, teniente Fucken, que dentro de unos días nuestros regimientos salen a campaña. Me irritaría en extremo que alguien lo matase a usted antes de que lo haga yo.

Las últimas palabras pronunciadas por De Bourmont no podían ser pasadas por alto, y los presentes admiraron en silencio su oportunidad, que no dejaba a Fucken, como oficial y hombre de honor que era, otra salida que batirse.

Fucken se puso en pie.

—Cuando guste —respondió con firmeza.

—Ahora mismo, por favor.

Frederic exhaló el aire que había retenido en los pulmones y se levantó con los otros, aturdido. De Bourmont se había vuelto hacia él y lo miraba con una gravedad inusitada entre ambos.

—Subteniente Glüntz… ¿Tendría la amabilidad de oficiar como uno de mis padrinos?

Frederic tartamudeó una apresurada respuesta afirmativa, sintiéndose enrojecer. De Bourmont tomó también como padrino a otro húsar, un teniente del Segundo Escuadrón. Por su parte, Fucken escogió al capitán de más edad y a un teniente de su mismo Regimiento. Los cuatro —sería más correcto decir los tres, con la muda aquiescencia de Frederic— se apartaron unos instantes para discutir la forma y lugar en que se llevaría a cabo el enfrentamiento, mientras los dos oponentes permanecían silenciosos, rodeados por sus respectivos amigos y camaradas, evitando mirarse el uno al otro hasta que no llegase el momento de empuñar las armas.

Decidieron que el duelo fuese a sable, y el capitán que apadrinaba a Fucken se ofreció solemnemente a indicar un lugar apropiado y a salvo de miradas inoportunas, donde la cuestión podía solventarse con razonable discreción. Se trataba del jardín de una casa abandonada en las afueras de la ciudad, y hacia allí se encaminaron todos, con la gravedad que las circunstancias requerían, llevándose dos faroles de petróleo de la taberna.

La noche seguía siendo cálida y el cielo estaba cuajado de estrellas alrededor de una luna afilada como un puñal. Llegados al jardín, los preparativos fueron rápidos. Ambos contendientes se quedaron en camisa, penetraron en el círculo iluminado por los faroles, y momentos después estaban acometiéndose a sablazos.

Fucken era valiente. Se tiraba a fondo, arriesgando mucho, y quería alcanzar a su adversario en la cabeza o en los brazos. De Bourmont se batía con serenidad, casi a la defensiva, estudiando a su adversario y demostrando que había gozado de las enseñanzas de un excelente profesor de esgrima. El sudor ya empapaba las camisas de ambos cuando Fucken resultó tocado en una acometida y retrocedió unos pasos, mascullando una blasfemia mientras se miraba el hilillo de sangre que le corría por el brazo izquierdo. De Bourmont se detuvo y bajó el sable.

—Está usted herido —dijo con una cortesía en la que no había el menor asomo de triunfo—. ¿Se encuentra bien?

Fucken estaba ciego de cólera.

—¡Perfectamente! ¡Prosigamos!

De Bourmont hizo un leve saludo con la cabeza, paró en cuarta la feroz estocada que le dirigió su contrincante y descargó, uno tras otro, tres sablazos como tres relámpagos. El tercero de ellos alcanzó a Fucken en el costado izquierdo, sin atravesar las costillas, pero abriéndole una herida. Fucken se puso pálido, soltó el sable y se quedó mirando a De Bourmont con ojos turbios.

—Creo que es suficiente —dijo este último, pasándose el sable a la mano izquierda—. Por mi parte, me doy por satisfecho.

Fucken seguía mirándolo, apretados los dientes y una mano sobre la herida, con visibles esfuerzos para tenerse en pie.

—Es justo —respondió con voz desmayada.

De Bourmont envainó el sable y saludó con exquisita cortesía.

—Ha sido un honor batirme con usted, teniente Fucken. Por supuesto, quedo a su disposición en caso de que, una vez curado, desee continuar esta discusión.

El herido hizo un gesto negativo con la cabeza.

—No será necesario —dijo con honestidad—. Ha sido una leal pelea.

Todos los presentes se mostraron de acuerdo, y la cuestión quedó resuelta. El teniente de cazadores a caballo tardó diez días en recobrarse de la herida, y contaban conocidos comunes que, cuando se le mencionaba el duelo, Fucken no vacilaba en asegurar que suponía un honor haberse batido con alguien que, en todo momento, demostraba ser un oficial y un caballero.

El incidente no tardó en ser comidilla de todas las reuniones de oficiales en la guarnición de Córdoba, pasando así a engrosar el anecdotario de los dos regimientos involucrados. Por su parte, el coronel Letac, jefe del 4.º de Húsares, convocó a De Bourmont y le dirigió una tormentosa diatriba, de la que el joven salió con veinte días de arresto domiciliario. Más tarde, comentando el suceso con su ayudante, comandante Hulot, Letac tuvo a bien exponer privadamente lo que pensaba del caso.

—Diablo, Hulot, me regocija, ejem, la cara que tendrá el viejo Dupuy, ya sabe, ese coronel de cazadores estirado, diantre, dos agujeros en el pellejo a uno de sus cachorros, buen golpe me han contado, excelente y demás, eso creo, lo que importa es que el Regimiento se haga, ejem, respetar, un húsar es un húsar, por Belcebú, aunque haya un grado de diferencia, qué demonios, todo es soslayable, irregular, pero, ejem, honor y demás, ya sabe... Y ese joven Bourmont, buena familia, nos sale duelista, templado y todo eso, recibió mi, ejem, aluvión sin pestañear, casta, tiene casta y esas cosas, le metí veinte días, impasible el mozo, y debía de estar sonriéndose por dentro, el tunante, hasta el último furriel sabe que salimos al campo antes de una semana, ya sabe, guardar las apariencias, pura forma y, ejem, demás. De esto ni una palabra, Hulot, confidencia y todo eso.

Excusado es añadir que la confidencia del coronel fue referida por el comandante Hulot, con razonable fidelidad en cuanto a forma y contenido, a todo el que se puso a su alcance.

En lo que se refiere al arresto de veinte días aplicado al subteniente De Bourmont, quedó sensiblemente reducido por necesidades del servicio. La sanción de Letac se le aplicó un lunes; el jueves, de madrugada, el 4.º de Húsares abandonaba Córdoba.

Desde aquello habían pasado catorce días, y otros asuntos de mayor importancia acaparaban ahora la atención del Regimiento. Frederic Glüntz puso el sable a un lado y miró a su amigo. Hacía rato que una interrogación le quemaba los labios.

—Michel… ¿Qué se siente?

—¿Perdón?

Frederic sonrió con timidez. Parecía excusarse por plantear una cuestión íntima.

—Me gustaría saber qué se siente cuando descargas un golpe sobre alguien… Sobre un enemigo, quiero decir. Cuando tiras a matar, cuando se asesta un sablazo.

La mueca de lobo crispó los labios de Michel de Bourmont.

—No se siente nada —respondió con la mayor naturalidad—. Es algo así como si el mundo dejase de existir a tu alrededor… La mente y el corazón trabajan a toda prisa, esforzándose por aplicar el tajo adecuado en el lugar adecuado… Es tu propio instinto el que guía los golpes.

—¿Y qué es el adversario?

De Bourmont se encogió de hombros con desdén.

—El adversario es sólo otro sable que se agita en el aire buscando tu cabeza, y al que hay que evitar siendo más hábil, rápido y preciso.

—Tú estabas en Madrid cuando los combates de mayo…

—Sí. Pero aquello no era un adversario —ahora había desprecio en la voz de De Bourmont—. Era una chusma informe a la que metimos en cintura a sablazos, arcabuceando después a los cabecillas.

—También te batiste en duelo con Fucken.

De Bourmont hizo un gesto evasivo.

—Un duelo es un duelo —dijo como si acabase de establecer algo evidente, que no podía explicarse de otro modo—. Un duelo es una cuestión entre caballeros, según las reglas, resuelta de forma honorable para los interesados.

—Pero aquella noche, en Córdoba…

—Aquella noche, en Córdoba, el teniente Fucken no era un enemigo.

Frederic rió, incrédulo.

—¿No? ¿Qué era, entonces? Cambiasteis una docena de buenos sablazos, y él se llevó un lindo tajo.

—Normal. Para eso salimos aquella noche, querido. Para batirnos.

—¿Y no era Fucken un enemigo?

De Bourmont negó con la cabeza, dando largas chupadas a la pipa.

—No —dijo al cabo de un rato—. Era un adversario; un enemigo es otra cosa.

—¿Por ejemplo?

—Por ejemplo, el español. Ése es el enemigo.

Frederic movió la cabeza, sorprendido.

—Es curioso, Michel. Has dicho *el español*… Eso significa todo este país. ¿Me equivoco?

El rostro de Michel de Bourmont se había ensombrecido. Permaneció unos instantes en silencio.

—Antes has hablado de los sucesos de mayo en Madrid —dijo por fin, con gravedad—. Aquel gentío fanático, vociferante en las calles, tenía algo de siniestro que espantaba, te lo aseguro. Había que estar allí para saber a qué me refiero… ¿Recuerdas a Juniac destripado, colgando de un árbol? ¿No te han hablado todavía de los pozos envenenados, de nuestros camaradas asesinados mientras duermen, de las emboscadas de guerrilleros que no conocen la piedad?… Escucha bien lo que te digo: aquí, hasta los perros, las aves, el sol y las piedras son nuestros enemigos.

Frederic contempló la llama del candil, intentando imaginar los rostros del enemigo en aquellas gentes negras y sucias que los miraban pasar en silencio desde las casas enjalbegadas que reverberaban bajo el tórrido sol andaluz. En su mayor parte eran mujeres, ancianos y niños. Los hombres válidos habían huido a la serranía, entre los inmensos olivares que reptaban por la ladera de las colinas. El comandante Berret, jefe del escuadrón, los había definido bien frente al cadáver de Juniac:

—Son como bestias. Y los cazaremos como lo que son, alimañas emboscadas, sin darles cuartel. Ahorcaremos a un español en cada árbol de esta maldita tierra. Lo juro.

Frederic todavía no había vivido ningún encuentro con tropas rebeldes españolas, ni siquiera con una de aquellas partidas armadas que se denominaban *guerrilleros*. Pero la ocasión distaba poco de presentarse. En aquel momento, unidades del ejército sublevado y bandas de campesinos se concentraban para oponerse a los ocho mil soldados franceses que, bajo el mando del general Darnand, tenían la misión de limpiar la región de elementos hostiles, asegurando las comunicaciones entre Jaén y Córdoba.

No se trataba de la guerra que el subteniente Frederic Glüntz había imaginado; pero sin duda se trataba de una guerra. La modalidad era quizá extremadamente sucia, pero no cabía elección. Las imágenes de rebeldes ahorcados por las patrullas de vanguardia, testigos mudos, ciegos e inmóviles, con la lengua fuera y los ojos desorbitados, cuerpos desnudos, negros, acosados por espesos enjambres de moscas, se habían convertido en frecuentes al paso de las tropas del Emperador. Al propio coronel Letac le habían matado su mejor caballo al entrar en un pueblecito minúsculo llamado Cecina; un solo tiro de mosquetón y una magnífica yegua rodando por el suelo, a la que hubo que sacrificar. No se pudo encontrar al agresor, así que Letac, furioso por el incidente —«Es intolerable, caballeros, una yegua excelente, ¿verdad?, repugnante cobardía y, ejem, demás»—, ordenó una represalia apropiada:

—Ya saben, cuélguenme a alguno de esos desgraciados, vaya, que nunca saben nada ni han visto nada, caramba, una lección ejemplar, el cura, por supuesto, son la peste aquí, caballeros, uno que ya no predicará rebeldía desde el púlpito...

Trajeron al cura, un tipo de mediana edad, pasados los cincuenta, bajito y fornido, con la tonsura agrandada por la calvicie, mal afeitado y dentro de una sotana demasiado corta y llena de manchas que, sin saber muy bien por qué, el luterano Frederic pensó eran de vino de misa. No mediaron interrogatorio ni palabra alguna;

una orden de Letac se convertía automáticamente en una sentencia. Pasaron una cuerda de cáñamo por los barrotes de hierro del balcón del Ayuntamiento. El cura los miraba, pequeño y cetrino, entre dos húsares a los que apenas llegaba a los hombros, con la frente empapada de sudor y los labios apretados, los ojos febriles clavados en la soga que le estaba destinada. El pueblo parecía desierto; no había ni un alma en la calle, pero tras los postigos entornados se adivinaba la aterrada presencia de los lugareños.

Cuando le echaron el lazo al cuello, sólo unos momentos antes de que los dos corpulentos húsares tirasen del otro extremo de la cuerda, el cura murmuró entre dientes un «hijos de Satanás» que fue claramente audible, aunque apenas movió los labios. Después escupió en dirección a Letac, que montaba un nuevo caballo, y se dejó ahorcar sin más comentarios. Cuando los últimos soldados abandonaron el pueblo —Frederic mandaba aquel día el pelotón de retaguardia— unas viejas vestidas de negro cruzaron despacio la plaza para arrodillarse a rezar bajo los pies del cura.

Cuatro días después, en un recodo del camino, una patrulla encontró el cadáver de un correo. Se trataba de un subteniente de húsares del Segundo Escuadrón, un joven alto y melancólico al que Frederic conocía por haber hecho juntos el viaje desde Burgos a Aranjuez, donde ambos se incorporaron al Regimiento. Juniac, que así se llamaba el infortunado, estaba completamente desnudo, atado por los pies a un árbol con la cabeza a dos palmos del suelo. Le habían abierto el vientre, y los intestinos, cubiertos por un enjambre de moscas, colgaban como un despojo de horror. La aldea más próxima se llamaba Pozocabrera, y estaba desierta; sus habitantes se habían llevado hasta el último grano de trigo. Letac ordenó arrasarla hasta los cimientos, y el 4.º de Húsares prosiguió su marcha.

Así era la guerra de España, y Frederic lo había aprendido muy pronto: «Nunca cabalguéis solos, nunca os alejéis de los compañeros, nunca os internéis sin precauciones por terreno frondoso o desconocido, nunca aceptéis de los lugareños alimentos o agua que ellos no hayan probado antes, nunca vaciléis en degollar sin piedad a esos miserables hijos de perra...». Sin embargo, todos estaban convencidos, Frederic entre ellos, de que tal situación no se prolongaría durante mucho tiempo. La dureza y la profusión de castigos ejemplares no tardarían en hacer volver las aguas a su cauce. Todo era cuestión de ahorcar más, arcabucear más a aquella canalla inculta y fanática, concluyendo de una vez la pacificación de España para seguirse dedicando a más gloriosas empresas. Se decía que Inglaterra preparaba un importante desembarco en la Península, y ése sí era un enemigo con el que cabía medirse de igual a igual, brillantes cargas de caballería, movimiento de grandes unidades, batallas con nombres gloriosos que figurarían en los libros de Historia y que supondrían para Frederic Glüntz los peldaños del honor y de la fama, tan distintos a esta campaña en la que apenas se veía el rostro del enemigo. De todas formas, de confirmarse las previsiones, mañana podría llegar el primero de los grandes días. Las dos divisiones del general Darnand tenían frente a ellas un ejército organizado según las reglas, cuyo grueso estaba constituido por unidades encuadradas de forma regular. Dentro de pocas horas, el subteniente Glüntz, de Estrasburgo, tendría su bautismo de fuego y sangre.

De Bourmont vaciaba cuidadosamente la pipa, frunciendo el ceño al concentrarse en la tarea. El lejano fragor de un trueno retumbó lejos, hacia el norte, audible a través de la lona de la tienda.

—Espero que mañana no llueva —comentó Frederic, con una punzada de preocupación. Para la caballería, lluvia significaba barro, dificultades para maniobrar los escuadrones. Por un momento lo asaltó la inquietante visión de monturas inmovilizadas en el fango.

Su amigo negó con la cabeza.

—No lo creo. Me han dicho que en esta época del año en España llueve poco. Con un poco de suerte nada podrá evitar que tengas tu carga de caballería —sonrió de nuevo, otra vez la franca mueca de amistad—. Quiero decir que la tendremos, claro. Los dos.

Frederic agradeció mentalmente aquel «los dos». Era bella la amistad bajo la tienda de campaña, a la luz del candil, en vísperas de una batalla. Por Dios que la guerra podía llegar a ser hermosa.

—Te vas a reír —dijo en voz baja, consciente de que se encontraban en la hora apropiada para las confidencias—, pero siempre imaginé mi primera carga bajo un sol radiante, uniformes y aceros desenvainados refulgiendo al sol, cubriéndose con el polvo de la galopada...

—«El instante supremo en que no tienes otro amigo que tu caballo, tu sable y Dios, por ese orden» —recitó De Bourmont entornando los ojos para recordar.

—¿Quién escribió eso?

—Lo ignoro. Quiero decir que no lo recuerdo. Lo leí una vez, hace muchos años; en un libro de la biblioteca de mi padre.

—¿Por eso eres húsar? —preguntó Frederic.

De Bourmont se quedó unos instantes pensativo.

—Es posible —concluyó—. La verdad es que siempre tuve curiosidad por saber si aquel orden de factores estaba bien establecido. En Madrid decidí que el mejor amigo es el sable.

—Quizá mañana cambies de opinión y te inclines por *Rostand*, tu caballo. O por Dios.

—Quizá. Pero mucho temo que, puesto a escoger entre uno de los dos, prefiera que no me falle el caballo. ¿Y tú?

Frederic hizo un gesto de duda.

—La verdad es que todavía no lo sé. El sable —lo señaló con un movimiento de la mano, en su funda metálica guarnecida de piel negra— no puede fallar y el brazo que lo manejará está bien entrenado. Mi caballo *Noirot* es un excelente animal, que responde a la presión de mis rodillas casi tan bien como a las riendas. Y Dios… Bueno, yo tuve, a pesar de haber nacido el mismo año de la toma de la Bastilla, una educación familiar religiosa. Después, la vida militar crea un ambiente distinto, pero resulta difícil renunciar a las creencias que te inculcaron siendo niño. De todas formas, en una batalla Dios debe de andar demasiado ocupado para cuidar de mí. También los españoles que tendremos enfrente creen en su Dios papista y dogmático, con bastante más fanatismo que este húsar del Emperador, y juran y vuelven a jurar que está con ellos y no con nosotros, encarnación de todas las maldades del infierno. Posiblemente le ofrecieron a Cristo, como en los sacrificios paganos, al pobre Juniac mientras lo destripaban colgado por los pies en aquel olivo…

—¿En resumen? —preguntó De Bourmont, a quien el recuerdo de Juniac había ensombrecido.

—En resumen, me quedo con mi sable y mi caballo.

—Así habla un húsar. A Letac le gustaría oír eso.

De Bourmont se quitó las botas y el dormán, tendiéndose nuevamente sobre el catre. Allí cruzó los brazos bajo la nuca y cerró los ojos, tarareando entre dientes una cancioncilla italiana. Frederic sacó del bolsillo del chaleco el reloj de plata, con sus iniciales grabadas, que su padre le había regalado el día que abandonó Estrasburgo para incorporarse a la Escuela Militar. Las once y treinta minutos de la noche. Se levantó con pereza, frotándose los riñones, y colocó el sable en el correaje colgado del mástil de la tienda, junto a las fundas de arzón con dos pistolas que él mismo había cargado cuidadosamente un par de horas antes.

—Voy a tomar un poco el aire —le dijo a De Bourmont.

—Deberías intentar dormir —respondió su amigo, sin abrir los ojos—. Mañana va a ser un día agitado. No habrá mucho tiempo para descansar.

—Sólo voy a echarle un vistazo a *Noirot*. Vuelvo en seguida.

Se puso el dormán sobre los hombros, apartó la lona de la tienda y salió al exterior, respirando la brisa de la noche. La luz de los rescoldos de una fogata teñía de rojo los rostros de media docena de soldados que conversaban sentados alrededor. Frederic los observó unos instantes y después echó a andar hacia las caballerizas del campamento, de donde llegaba a intervalos el nervioso relinchar de algún animal.

Oudin, el sargento forrajero del escuadrón, jugaba a los naipes con otros suboficiales bajo la lona de una tienda descubierta por los flancos. Sobre la mesa de madera había una grasienta baraja, botellas de vino y varios vasos. Oudin y los otros se pusieron en pie al reconocer a Frederic.

—A sus órdenes, mi subteniente —dijo Oudin, el rostro, bigotudo y picado de viruela, rojo por efecto del vino—. Sin novedad en las caballerizas.

El sargento era un veterano borrachín y gruñón, siempre con un humor de mil diablos, pero que conocía a los caballos como si los hubiera parido él mismo. Llevaba un aro de oro en el lóbulo de la oreja izquierda y dos trenzas que se teñía para ocultar las canas. Su uniforme, como el de la mayor parte de los húsares, estaba recargado de bordados y cordones. Los gustos en materia de indumentaria de la caballería ligera no eran precisamente discretos.

—Voy a ver a mi caballo —le informó Frederic.

—Como guste, señor —respondió el sargento, guardando una disciplinada compostura ante aquel muchacho que tenía la edad de su hijo pequeño—. ¿Desea que le acompañe?

—No hace falta. Supongo que *Noirot* sigue donde lo dejé esta tarde.

—Sí, mi subteniente. En el cercado de los oficiales, junto al muro de piedra.

Frederic se alejó siguiendo a oscuras el sendero, y Oudin volvió a sus naipes tras mirarlo con poco disimulado recelo. No le gustaba que se anduviese metiendo las narices entre los caballos; cuando no estaban ensillados eran, en principio, responsabilidad suya. Ya cuidaba él de que no les faltase nada, y de que aquellas nobles máquinas de guerra estuvieran siempre limpias y alimentadas. Una vez, años atrás, había tenido algo más que palabras con un sargento de coraceros que se permitió emitir un comentario despectivo sobre la limpieza de un animal confiado a su custodia. El coracero pasó a mejor vida con la frente abierta de un sablazo, y ninguno de los que presenciaron el hecho volvió a decir esta boca es mía ante un caballo confiado a la custodia del sargento Oudin.

Noirot era un soberbio ejemplar de seis años, negro, con la crin y la cola recortadas. No tenía gran alzada, pero sí sólidos remos y un pecho poderoso. Frederic lo había adquirido en París dilapidando su escasa fortuna, pero un oficial de húsares merecía un buen caballo. Es más, podía muy bien irle la vida en ello.

Noirot se encontraba junto al muro de piedra que separaba dos parcelas de olivos, el hocico metido en un saco de forraje. Al sentir la presencia de su dueño relinchó suavemente. A la luz de las lejanas fogatas, Frederic contempló la hermosa estampa del animal, le pasó una mano por el lomo debidamente cepillado y después metió la mano en el saco de forraje para acariciarle el belfo.

En el horizonte brilló el resplandor de un relámpago, y el trueno llegó al poco rato, amortiguado por la distancia. Los caballos relincharon inquietos y Frederic se estremeció, levantando el rostro para interrogar al cielo que las nubes volvían negro como la tinta. Una patrulla de exploradores pasó junto al cercado, inclinados los hombres sobre sus cabalgaduras, silenciosas sombras desfilando en la noche. Frederic miró una vez más el cielo, pensó en la lluvia, en el teniente Juniac colgado boca abajo de su olivo, en los rostros morenos y crueles de los campesinos, y por primera vez en su vida sintió en la boca el sabor del miedo.

Acarició la crin de *Noirot*, abrazando contra la suya la noble cabeza del animal.

—Cuida de mí mañana, viejo amigo.

Michel de Bourmont todavía no estaba dormido; levantó la cabeza cuando Frederic entró en la tienda.

—¿Todo bien?

—Todo bien. Eché un vistazo a los caballos; Oudin los tiene en perfecto estado de revista.

—Ese sargento conoce su oficio —De Bourmont había hecho también una visita a las caballerizas un par de horas antes que Frederic—. ¿Dormirás ahora, o prefieres un coñac?

—Creía que eras tú el que iba a dormir un poco.

—Lo haré. Pero me apetece un coñac.

Frederic levantó la tapa del baúl de su amigo y extrajo un frasco cubierto de cuero repujado, sirviendo el licor en dos vasos de metal.

—¿Queda algo? —preguntó De Bourmont mirando su vaso.

—Para dos tragos más.

—Guardémoslo entonces para mañana. No sé si habrá tiempo de que Franchot recoja el suministro antes de que nos pongamos en marcha.

Hicieron sonar el metal de sus respectivos vasos y bebieron; despacio Frederic, de una sola vez De Bourmont. Siempre el estilo húsar.

—Creo que lloverá —dijo Frederic al cabo de un rato. Nadie habría podido detectar en su voz el menor rastro de inquietud; se limitaba a formular en voz alta un pensamiento. Sin embargo, se arrepintió inmediatamente de haberlo dicho, incluso antes de terminar de hablar. Pero De Bourmont estuvo magnífico.

—¿Sabes una cosa? —comentó en tono adecuadamente jovial—. Hace un momento estuve pensando en eso, y debo confesar que llegué a preocuparme, ya sabes, el barro y todo lo demás. Pero resulta que también la lluvia tiene su aspecto positivo; las balas de cañón se entierran más en el suelo blando y el efecto de la metralla se amortigua considerablemente. Además, si las maniobras de nuestra caballería se ven un poco entorpecidas, también les ocurrirá lo mismo a *ellos*... De todas formas, y para liquidar la cuestión, te diré que en esta época del año, si cae agua, serán cuatro gotas.

Frederic apuró el contenido de su vaso. No le gustaba el coñac, pero un húsar bebía coñac y blasfemaba. Beber era más fácil para él que blasfemar.

—No me preocupa la lluvia como peligro en sí —explicó, honesto—. Lo mismo da morir en el barro que sobre suelo seco, y la sensación que cada uno puede experimentar ante la proximidad de la muerte es algo personal y reservado, íntimo, que no afecta a nadie más que a él. A menos, claro está, que esa sensación se exteriorice, lo que empieza ya a lindar con la cobardía…

—Esa palabra, caballero —dijo De Bourmont imitando con una mueca el enfurruñado ceño del coronel Letac—, no la pronuncia jamás, ¿verdad?, un, ejem, húsar.

—Exacto. Así que la descartamos. Un húsar no tiene miedo; y si lo tiene, debe ser asunto exclusivamente suyo —puntualizó Frederic siguiendo el hilo de sus pensamientos—. Pero ¿qué hay del otro miedo, del miedo legítimo a que la fortuna no le depare a uno suficiente gloria, suficiente honor en una batalla?

—¡Ah! —exclamó De Bourmont alzando las manos con las palmas abiertas—. ¡Ése es un miedo que respeto!

—Pues de eso se trata —concluyó Frederic con vehemencia—. Yo, lo confieso sin rubor alguno, tengo miedo de que la lluvia o cualquier otro maldito incidente aplacen la batalla o me impidan tomar parte en ella. Creo… Creo que un hombre como tú, o como yo, sólo se justifica, sólo encuentra su razón de ser, cabalgando pistola en una mano y sable en la otra, aullando su grito de guerra en nombre del Emperador… También, y quizá deba avergonzarme un poco esto —añadió bajando el tono de voz—, tengo miedo… Bueno, ésa no es la palabra exacta. Me preocupa haber llegado hasta aquí para caer de forma oscura y sin gloria, asesinado en un camino solitario por chusma campesina, como el pobre Juniac, en vez de hacerlo cabalgando tras el águila del Regimiento, a cielo abierto y rodeado por los camaradas, de un limpio sablazo o de un tiro en el pecho, de pie, con las espuelas en su sitio, el arma en la mano y la boca llena de sangre, como mueren los hombres.

De Bourmont agitó lentamente la cabeza, ensimismados los ojos azules en el recuerdo de Juniac. Estaba muy pálido.

—Sí —confesó con voz ronca, como si hablase consigo mismo—. Yo también le tengo miedo a eso.

Los dos se quedaron un rato en silencio, sumidos en sus propios pensamientos. Por fin, De Bourmont arrugó la nariz y cogió el frasco de coñac.

—¡Al diablo! —exclamó con excesiva animación—. Bebámonos los dos tragos que quedan, camarada, que mañana Dios o la Intendencia proveerán. Salud.

Volvieron a tintinear los vasos de metal, pero la mente de Frederic estaba lejos de allí, en su ciudad natal, junto al lecho en el que, seis años atrás, agonizaba su abuelo paterno. A pesar de su corta edad, Frederic había percibido con toda claridad los más minuciosos detalles del drama familiar: la casa sombría con los postigos cerrados, las mujeres que lloraban en el salón y los ojos enrojecidos de su padre, levita oscura y grave expresión en el rojizo rostro de honrado comerciante de desahogada posición. El abuelo estaba en su alcoba, ligeramente incorporado sobre los almohadones, con las manos descarnadas, desprovistas ya de vigor, reposando sobre la colcha. La enfermedad le había dejado la cara reducida a una máscara de huesos y piel amarillenta de la que emergía la nariz aguileña que, en el anciano, se antojaba extremadamente larga y fina.

«No quiere vivir más. No quiere…» Las palabras, casi un susurro sorprendido en labios de su madre por el joven Frederic, lo habían impresionado. El viejo Glüntz, comerciante de Estrasburgo, estaba retirado de los negocios desde hacía una década, tras ceder la empresa familiar a su hijo. Una enfermedad de las articulaciones había hecho presa en él, postrándolo en cama, consumiéndolo lentamente sin esperanza de curación y sin el consuelo de una muerte rápida y poco dolorosa. El final se acercaba, sí, pero demasiado despacio. Y un día el abuelo se cansó de esperar, negándose desde aquel instante a ingerir alimento, aislándose del resto de la familia, sin pronunciar una palabra más y sin hacer movimiento alguno, dispuesto a recibir con la máxima premura esa muerte que tanto se hacía de rogar. Y en los últimos días de su vida, en aquella alcoba envuelta en sombras, el viejo Glüntz no mostraba hacia los afanes y sufrimientos de hijos, nuera, nietos y parientes, más que una tranquila y silenciosa indiferencia. El ciclo de su vida, cuanto tenía que esperar del mundo, se había consumado. Y el joven Frederic, en su infantil intuición, supo comprender que su abuelo dejaba de luchar por la vida, pues nada esperaba ya de ella; salía al encuentro de la muerte con la pasividad y el abandono del hombre que había ya franqueado el muro al otro lado del cual se quedan la vitalidad y las ansias de luchar por la existencia. Y contemplando, no sin temor reverencial, desde el umbral de la alcoba la figura inmóvil de su abuelo, Frederic Glüntz se preguntó entonces fugazmente si no estaría en ella y en lo que representaba el principio de la máxima sabiduría.

No le preocupaba su comportamiento en la batalla que se anunciaba para el día siguiente, pensó por enésima vez. Estaba preparado para todo, incluso para el caso de que, como contaban las viejas sagas escandinavas que tanto le gustaba leer cuando era niño, las walkirias lo distinguiesen durante el combate con el beso en la frente de los valientes que habían de morir. Sería digno del uniforme que llevaba. Cuando regresara a Estrasburgo, Walter Glüntz tendría motivos más que sobrados para sentirse orgulloso de él.

De Bourmont se había tumbado de nuevo en el catre y esta vez dormía profundamente. Frederic se quitó las botas y lo imitó, sin apagar el candil. Tardó mucho en dormirse, y cuando lo hizo fue el suyo un sueño inquieto, poblado de extrañas imágenes. Veía rostros hoscos y cetrinos, largas lanzas, caballos desbocados y sables desnudos que refulgían bajo los rayos del sol. Con el corazón oprimido de temor buscó a su walkiria entre el polvo y la sangre, y experimentó un infinito consuelo al no encontrarla. Se despertó varias veces con la boca seca y la frente ardiendo, escuchando sus propios gemidos.

2

La madrugada

Todavía era de noche cuando se presentó Franchot, el ordenanza que ambos compartían. Se trataba de un húsar de corta estatura y mal encarado, trenzas grasientas y piernas arqueadas, cuya única virtud residía en una especial habilidad para conseguir, mediante oscuras maniobras, vituallas destinadas a mejorar la pitanza, siempre escasa en el ejército de España. Por lo demás resultaba un tipo escasamente recomendable.

—El comandante Berret ha convocado reunión de campaña para los señores oficiales —anunció en cuanto hubo considerado a los dos subtenientes razonablemente despiertos—. En su tienda, dentro de media hora.

Frederic se levantó del catre con desgana. Apenas había dormido, y justo en el momento en que irrumpió Franchot acababa de conciliar el sueño. De Bourmont ya estaba en pie, los ojos enrojecidos, arreglándose el cabello entre bostezo y bostezo.

—Parece que llegó el gran momento —dijo, frunciendo el ceño al comprobar que el ordenanza se demoraba en cepillarle las botas—. ¿Qué hora es?

Frederic le echó un vistazo a la esfera de su reloj.

—Las tres y media de la madrugada. ¿Has dormido bien?

—Como un niño —respondió De Bourmont, lo cual no era rigurosamente exacto—. ¿Y tú?

—Como un niño —repuso Frederic, lo que era menos exacto todavía. Las miradas de ambos se encontraron un instante, torciéndose las dos bocas amigas en una sonrisa cómplice.

Franchot había preparado junto a la tienda un farol de petróleo, una jofaina con agua caliente y un cubo de agua fría. Se lavaron el rostro y después el ordenanza los afeitó cuidadosamente; primero a De Bourmont, por ser más antiguo en el Regimiento, encerándole después las guías del bigote. El aseo de Frederic ocupó menos tiempo; debido a su extrema juventud, su barba no era sino una rala pelusa en las mejillas. Mientras Franchot terminaba de deslizarle la navaja por el rostro, Frederic miró al cielo. Seguía cubierto de nubes; no se veían las estrellas.

El campamento despertaba ruidosamente. Los suboficiales emitían gritos que eran ásperas órdenes, y entre las tiendas había un constante ir y venir de soldados efectuando los preparativos de campaña a la luz de las fogatas. Una compañía de cazadores a pie que había acampado la tarde anterior en las proximidades del escuadrón estaba lista para la marcha; los hombres se alineaban acuciados por las voces de los sargentos. Otra compañía, en columna de a cuatro, se alejaba ya bajo los olivos cubiertos de sombras.

Franchot les ayudó a ponerse las botas. Frederic cerró los dieciocho botones a cada lado del estrecho pantalón de montar que las ceñía hasta el empeine, y tras desechar el chaleco se puso el dormán sobre una camisa limpia, abrochando meticulosamente los también diecioocho botones de la pechera galoneada con vistosos alamares dorados. Descolgó el correaje del mástil de la tienda y se lo ajustó al hombro derecho y a la cintura, haciendo tintinear el extremo de la funda del sable contra sus espuelas. Se abotonó el cuello y los puños, frotó manos y cara con agua perfumada, se puso los guantes de cabritilla y colocó bajo su brazo derecho el impresionante colbac, chacó forrado de piel de oso, privilegio de los oficiales en las unidades de élite. De Bourmont, que había ejecutado exactamente los mismos movimientos en idéntico orden, esperaba sujetando con la mano, alzada, la lona de la tienda.

—Después de ti, Frederic —le dijo, y sus ojos lanzaron un destello de satisfacción por el aspecto de su camarada.

—Después de ti, Michel.

Hubo dos taconazos, dos sonrisas y un apretón de manos. Y ambos salieron al exterior, erguidos, pulcros y recién afeitados, haciendo sonar los sables contra las espuelas, sintiéndose jóvenes y hermosos en el bello uniforme, aspirando con deleite el aire fresco de la madrugada, dispuestos a afrontar a sablazos el reto que la Muerte les lanzaba desde el horizonte todavía sumido en tinieblas.

El comandante Berret estaba inclinado sobre una mesa cubierta de mapas, rodeado por los ocho oficiales del escuadrón. Con su único ojo —el izquierdo lo había perdido en Austerlitz, y en su lugar llevaba un parche negro que le confería singular expresión de ferocidad— seguía atentamente los relieves del terreno marcados en los mapas. Ni él ni el capitán Dombrowsky habían dormido en toda la noche. Acababan de llegar de una reunión convocada tres horas antes por el coronel Letac, en la que se habían impartido instrucciones para la actuación del Regimiento durante la jornada que estaba a punto de iniciarse. Berret tenía prisa.

—Los españoles se han concentrado aquí y aquí —hablaba con su habitual tono seco y cortante, sin mirar a nadie, con el único ojo concentrado en los mapas como si en ellos figurase, en miniatura, el ejército enemigo—. Las unidades de exploración ya han establecido contacto, y presumiblemente el grueso de las operaciones se desarrollará en este valle, apoyándose nuestras líneas en los cerros que ahora les indico. El Regimiento operará en el flanco izquierdo de la División, realizando las habituales misiones de reconocimiento y protección. Llegado el caso, también de ataque. Al menos uno de los escuadrones permanecerá en reserva; pero ése, afortunadamente, no es nuestro caso. Cabe la posibilidad de que tengamos que emplearnos a fondo en primera línea.

Para el Primer Escuadrón del 4.° de Húsares, emplearse a fondo en primera línea incluía la posibilidad de una carga. A la luz del farol de petróleo colgado en el mástil de la tienda, Frederic pudo ver expresiones satisfechas en los rostros de sus camaradas. Sólo el capitán Dombrowsky, ligeramente inclinado sobre la mesa junto a Berret, mantenía su helada impasibilidad. El poblado mostacho de color pajizo y las trenzas prematuramente grises daban al segundo jefe del escuadrón el aspecto de un curtido veterano, cosa que en realidad era. Polaco de origen, se había batido bajo la bandera de Francia en los campos de batalla de toda Europa; quizá en ellos había adquirido aquel aire de desengañada frialdad que lo caracterizaba. Jamás nadie le había oído pronunciar una palabra más alta que otra, ni siquiera al dar órdenes. Era un tipo silencioso y huraño que rehuía la compañía de sus camaradas, tanto de los superiores como de sus iguales. Pero era valiente soldado, excelente jinete y experto oficial. Si bien no era amado, al menos todos lo respetaban por ello.

—¿Alguna pregunta? —quiso saber Berret, sin levantar su ojo ciclópeo del mapa, como absorto en la contemplación de algo sólo por él conocido.

Philippo, un teniente de tez morena, risueño y fanfarrón, carraspeó antes de hablar.

—¿Se conoce el número de los efectivos enemigos?

Berret enarcó la ceja de su único ojo, como si le desagradara la pregunta. ¿Qué importa el número?, parecía preguntar.

—Calculamos de ocho a diez mil hombres concentrados entre Limas y Piedras Blancas —explicó con mal disimulado fastidio—: infantería, caballería, artillería y partidas de guerrilleros... Posiblemente el primer encuentro tenga lugar aquí —señaló un punto en el mapa— y después aquí —señaló otro punto y después dio un golpe sobre él con el canto de la mano, en forma de hacha—. El objetivo es cortarles el paso hacia la serranía, obligándoles a presentar batalla en el valle, terreno que, en principio, les resulta menos favorable.

»Ya saben casi tanto como yo. ¿Alguna pregunta más, caballeros?

No hubo más preguntas. Todos los presentes sabían, incluido el bisoño Frederic, que las breves explicaciones del jefe de escuadrón habían sido puro formulismo. En cierta forma, también aquella reunión lo era; las decisiones irían llegando desde arriba en el curso de la batalla, y sólo el coronel Letac sabía a ciencia cierta cuáles eran los planes del general Darnand. Respecto al escuadrón, lo que se esperaba de él era que pelease bien y que, llegado el caso, cargase al recibir la orden hasta deshacer las formaciones enemigas que le fueran asignadas.

Berret plegó los mapas, dando por terminada la reunión.

—Gracias, caballeros. Eso es todo. Salimos dentro de media hora con el resto del Regimiento; si no perdemos tiempo, el amanecer nos encontrará con buena parte del camino hecho.

—Formación de a cuatro para la marcha —dijo Dombrowsky, hablando por primera vez—. Y cuando llegue el momento, aparte de los guerrilleros, guárdense de los lanceros españoles. Son gente de la tierra. Buenos jinetes.

—¿Tan buenos como nosotros? —preguntó el subteniente Gerard.

Dombrowsky los miró uno por uno con sus ojos grises, tan fríos como el agua helada de su Polonia natal.

—Tanto como nosotros, puedo asegurarlo —respondió con expresión inescrutable—. Yo estuve en Bailén.

Desde hacía varias semanas, Bailén era sinónimo de desastre. Allí habían capitulado tres divisiones imperiales frente a veintisiete mil españoles, teniendo dos mil seiscientos muertos, perdiendo diecinueve mil prisioneros, medio centenar de cañones, cuatro estandartes suizos y cuatro banderas francesas... Un silencio ominoso se adueñó de los presentes, e incluso el comandante Berret miró a Dombrowsky con aire de censura. Fue el ordenanza del comandante quien salvó la incómoda situación al retirar los mapas de la mesa y acercar una botella de coñac y varios vasos. Cuando todos estuvieron servidos, Berret levantó el suyo.

—Por el Emperador —brindó solemne.

—¡Por el Emperador! —repitieron todos, y los sables resonaron contra las espuelas cuando se irguieron, juntando los talones, antes de apurar los vasos de un solo trago.

Frederic sintió el fuerte aroma del coñac deslizándose por las entrañas en ayunas y apretó los dientes para que nadie advirtiera un gesto de rechazo en sus facciones. El grupo se disolvió, y todos abandonaron la tienda. El campamento era ya un ajetreado ir y venir de sombras y reflejos, sonidos metálicos de las armas, relinchar de monturas, órdenes y carreras. El cielo seguía negro, sin el menor rastro de estrellas. Frederic sintió frío y por unos instantes pensó si no habría hecho mejor poniéndose el chaleco. Pero el recuerdo de la calurosa tierra en la que se encontraba alejó rápidamente la idea; en cuanto fuese de día, cualquier exceso de ropa se convertiría en un estorbo inútil.

De Bourmont caminaba a su lado, perdido en sus pensamientos. Frederic sintió una desagradable punzada en el estómago.

—El coñac de Berret me ha sentado como un pistoletazo.

—A mí también —respondió De Bourmont—. Espero que Franchot haya tenido tiempo de hacernos una taza de café.

Franchot no defraudó las esperanzas de los dos amigos. Cuando llegaron a su tienda, el ordenanza tenía preparado un humeante puchero y un par de bizcochos secos. Dieron cuenta de ello, revisaron el equipo por última vez y se encaminaron hacia las caballerizas.

El escuadrón formaba por divisiones, a la luz de antorchas clavadas en tierra. Los ciento ocho hombres revisaban sus monturas, ceñían las cinchas, comprobaban las carabinas antes de colocarlas en las fundas del arzón o colgárselas a la espalda. Frederic y el resto de los oficiales no disponían de esta arma de fuego; se daba por sentado que un oficial de húsares sabía apañárselas con un par de pistolas y un sable.

Franchot había ensillado a *Noirot*, lo que no impidió que Frederic tantease con sumo cuidado las correas que fijaban la silla de montar a la cabalgadura, hasta asegurarse personalmente de que todo estaba en perfecto orden. En combate, las dos pulgadas que separaban cada uno de los agujeros de las cinchas podían suponer la diferencia entre la vida y la muerte. Las ajustó del modo que creyó satisfactorio y después se inclinó a revisar las herraduras del animal. Cuando estuvo tranquilo pasó el brazo sobre la piel de oso que guarnecía la silla, y con la mano izquierda acarició la crin de *Noirot*.

De Bourmont ejecutaba los mismos movimientos, muy cerca de él. Su caballo era un soberbio tordo rodado y la silla estaba adornada con una lujosa piel de leopardo, que sin duda había costado una fortuna a su propietario.

En buena parte, la consideración en que sus camaradas tenían a un húsar estaba en proporción directa al dinero que éste invertía en la guarnición de su montura. Y De Bourmont, tanto por sangre como por carácter, era hombre que ni podía ni deseaba reparar en gastos.

Cuando vio que Frederic lo observaba, le sonrió. La luz de las antorchas hacía brillar los cordones dorados en la abigarrada pechera de su dormán.

—¿Todo en orden? —preguntó.

—Todo en orden —respondió Frederic, sintiendo palpitar contra su costado el cálido flanco de *Noirot*.

—Tengo la corazonada de que hoy va a ser un hermoso día.

Frederic levantó el rostro, señalando al cielo negro.

—¿Crees que las nubes dejarán que asome el sol de la victoria?

De Bourmont soltó una carcajada.

—Aunque amanezca nublado, aunque caigan lanzas de punta, será un hermoso día. Nuestro día, Frederic.

El comandante Berret pasó a caballo, seguido por el capitán Dombrowsky, el teniente Maugny y el corneta mayor. Los húsares permanecían pie a tierra entre sus cabalgaduras, charlando y bromeando entre sí, con la animación propia del momento. Las antorchas iluminaban con luces cambiantes trenzas y fieros mostachos, rostros curtidos de veteranos con cicatrices y expresiones absortas de los reclutas bisoños que, como Frederic, jamás habían entrado en combate. El joven los contempló durante largo rato; aquello era la élite, la crema de la caballería ligera del ejército francés, jinetes consumados, profesionales de la guerra en su mayor parte, que habían tejido su propia leyenda cabalgando tras el águila imperial, barriendo con sus sables los más gloriosos campos de batalla de toda Europa. Y él, Frederic Glüntz, de Estrasburgo, a sus diecinueve años, era uno de ellos. El pensamiento lo hizo estremecerse de orgullo.

Las voces de unas cantineras que pasaban sobre un carro de la intendencia vitorearon al escuadrón desde las sombras, al otro lado del muro de piedra. Los húsares respondieron con un coro de risotadas y chanzas de todo género. Frederic aguzó la vista, pero sólo pudo percibir algunas formas confusas que se alejaban en la oscuridad, acompañadas por el rechinar de las ruedas y el sonido de los cascos del tiro de caballos.

Resultaba fuera de lugar, pensó, escuchar voces femeninas, aunque se tratase de cantineras, en tan solemnes momentos. El ritual del escuadrón preparándose para la marcha, rumbo a la batalla inminente, suponía una liturgia cerrada, un rito de clan exclusivamente masculino, del que debía quedar excluida cualquier presencia del sexo opuesto, ni siquiera en forma de aquellas voces quemadas por el aguardiente que pasaban de largo en la noche. Frunció los labios con desagrado, sin dejar de acariciar la crin de *Noirot*. Años atrás había leído un libro sobre la historia de los caballeros templarios, la orden de monjes soldados que peleaban en Palestina contra los sarracenos, guerreros rudos y orgullosos que se dejaron quemar en las hogueras de los reyes europeos que ansiaban apoderarse de sus riquezas, y que morían altivos, maldiciendo a sus verdugos. El mundo de los templarios era un mundo de hombres, del que las mujeres quedaban excluidas por definición. El honor, Dios y la pelea eran sus únicos acicates. Vivían y luchaban por parejas, compañeros fieles unidos frente a todo y a todos por sagrados e inviolables juramentos.

Frederic miró otra vez a De Bourmont, concentrado ahora en asegurar el capote, arrollado en la parte delantera de la silla. Se sentía unido a su amigo por algo más que los lazos de camaradería que podían establecerse entre dos jóvenes subtenientes de un mismo escuadrón. Ambos tenían en común un juramento irrenunciable: la sed de gloria. A ella servían por Francia y por el Emperador, y en su nombre cabalgarían tras el águila hasta las mismas puertas del infierno. En ese camino se habían hecho hermanos, y jamás, por muchos años que transcurriesen después, aunque la vida los separase llevándolos a lugares lejanos, olvidarían las horas, los días, los años que el Destino decidiera habrían de pasar juntos. Por la mente de Frederic desfilaron imágenes de épica belleza: De Bourmont, muerto su caballo, con la cabeza descubierta y en mitad de un campo de batalla, sonriendo a su amigo que descabalgaba para cederle su montura y afrontaba, sable en mano, la muerte que el Hado reservaba a su camarada. El propio Frederic caído en tierra, protegido por un De Bourmont que alejaba a mandobles a los enemigos que intentaban apresar al compañero herido… O ambos, cubiertos de lodo y sangre, defendiendo una de las viejas águilas, mirándose y sonriendo en muda despedida antes de arrojarse en brazos de la muerte que los acosaba en cerco fatal.

No. Para nada hacía falta allí una presencia femenina. Si acaso, unos hermosos ojos como lejanos testigos del drama heroico, velados por dulces lágrimas al ser su linda poseedora puesta al corriente de los acontecimientos, al conocer la muerte del húsar… Frederic, incluso, ya conocía esos ojos. Los había visto en Estrasburgo dos días antes de su partida, durante la recepción en casa de los señores Zimmerman. Un vestido azul, un perfecto óvalo de cara enmarcado por cabello rubio y suave como seda, unos ojos azules como el cielo de España, una piel blanca de apenas dieciséis años. La hija de los señores Zimmerman, Claire, había sonreído graciosamente al guapo húsar en uniforme de gala que se inclinaba ante ella con gesto marcial, juntando los tacones de las lustradas botas, balanceando con donaire la pelliza escarlata colgada con estudiada desenvoltura del hombro izquierdo.

Fue una conversación breve y tierna por ambas partes. Él, rogando a Dios para que ella atribuyese al calor aquel violento rubor que subía incontenible a sus mejillas. Ella, no menos ruborizada, saboreando el placer de atraer la atención de un oficial de caballería tan apuesto y elegante en el ceñido uniforme azul con pelliza roja, de quien sólo la decepcionaba el hecho de que fuese demasiado joven para lucir un bello mostacho que acentuase su viril aspecto. De todas formas, él partía para una guerra lejana, en un país meridional y caluroso, y eso era suficiente. Después, cuando Frederic tuvo que alejarse requerido por un anciano coronel amigo de la familia, Claire bajó los ojos, jugando con el abanico para disimular su azoramiento, adivinando fijas en ella las miradas de envidia que le lanzaban sus primas.

Eso fue todo. Diez minutos de conversación y un delicado recuerdo que un día, cuando él regresara —quizá con una cicatriz gloriosa que sustituyera al rubor en sus mejillas—, podría ser comienzo de una hermosa historia de amor. Pero aquella noche, bajo un cielo español que no era azul como los ojos de Claire, sino amenazador y negro como la puerta del infierno, Estrasburgo y el salón de los señores Zimmerman se encontraban demasiado lejanos para Frederic Glüntz.

Un escuadrón de caballería, perteneciente sin duda al mismo Regimiento, pasaba ahora tras el muro, siguiendo el camino que serpenteaba entre los olivares envueltos en tinieblas. El sonido de los cascos de las cabalgaduras desfilaba como el rumor de un torrente. La voz del comandante Berret restalló dentro del círculo de luz de las antorchas.

—¡Escuadrón! ¡Mooon… ten!

El cornetín tradujo la orden con estridente sonido. Frederic se cubrió con el colbac de piel de oso, puso el pie en el estribo y se izó a lomos de *Noirot*. Acomodose en la silla, dejando colgar sobre su muslo izquierdo el portapliegos de cuero rojo, adornado con el águila imperial y el número del Regimiento. Se ajustó los guantes de cabritilla, apoyó la mano izquierda sobre el pomo del sable y tomó las riendas con la derecha. *Noirot* piafó agitando la cabeza, listo para marchar a la menor insinuación de su jinete.

Berret pasó frente a ellos con las bridas flojas, seguido como una sombra fiel por el trompeta mayor. Frederic se volvió hacia De Bourmont, que hacía retroceder a su caballo con una suave presión de las riendas.

—Esto empieza, Michel.

De Bourmont asintió con la cabeza, pendiente de los movimientos del caballo. El impresionante colbac, bajo el que caían las trenzas y la coleta rubias, le daba un aspecto formidable.

—Empieza, y parece que empieza bien —dijo llegando hasta su altura y estrechándole la mano—. Aunque creo que todavía tendremos ocasión de charlar un rato. He oído decir a Dombrowsky que la acción no llegará para nosotros hasta entrada la mañana.

—Lo importante es que llegue.

—Así sea.

—Buena suerte, Michel.

—Buena suerte, hermano. Y recuerda que cabalgo detrás de ti; no te quitaré ojo en toda la jornada. Así podré después contar a las damas lo que hizo mi amigo Frederic Glüntz en el día de hoy. Pienso especialmente en unos ojos azules sobre los que un día tuviste la debilidad de contarme ciertos detalles...

El caballo de De Bourmont cabeceó, inquieto.

—Vaya, vaya —dijo el jinete—. ¡Tranquilo, *Rostand*, qué diablos...! ¿Te das cuenta, Frederic? Los caballos están casi tan impacientes como nosotros por entrar en combate. Hace una hora todos roncábamos, y de pronto cualquier ser viviente parece tener prisa. Esto es la guerra.

»Por cierto, si en algún momento te sientes solo, no tienes más que volverte y me verás... Bueno, eso será cuando se haga de día. Ahora ni el mismísimo Lucifer sería capaz de verse el rabo. Por la sangre de Cristo que no.

»Y cuídate, maldita sea. ¡Cuídate mucho!

Retrocediendo siempre sobre la grupa con destreza de consumado jinete, De Bourmont se alejó hasta ocupar su puesto en la formación. Frederic contempló la larga fila de húsares inmóviles sobre las monturas, silenciosos e impresionantes en sus vistosos uniformes, a cuyos complicados adornos daba destellos de oro viejo la luz de las antorchas. El capitán Dombrowsky pasó a caballo con un trote corto, arriesgándose a romperse el alma en la semioscuridad. Un polaco frío y orgulloso, eso era el capitán. Frederic admiró una vez más su impasible porte, incluido el aire de todo me importa un bledo que era una de sus más destacadas actitudes.

El cornetín ordenó marcha al paso, en columna de a cuatro. Frederic dejó pasar ante él seis filas de cuatro hombres estribo con estribo, y tras aflojar ligeramente las riendas presionó las rodillas contra los flancos de *Noirot*, ocupando su puesto en la formación. El escuadrón maniobró en dirección al camino, abandonando el círculo de luz de las antorchas. Franqueado el muro de piedra, la columna se puso a serpentear, adentrándose en la oscuridad.

Algunos hombres canturreaban entre dientes, otros conversaban en voz queda. De vez en cuando una chanza recorría la fila. Pero la mayor parte de los húsares marchaban en silencio, rumiando sus propios pensamientos, recuerdos e inquietudes. Frederic pensó que no sabía nada de ellos. De los oficiales sí, naturalmente; pero ignoraba cuanto se refería a la tropa, incluso a los doce hombres que se encontraban directamente bajo su mando: el sargento Pinsard, los caporales Martin y Criton... Había un húsar que se llamaba Luciani: recordaba al tipo porque era corso, como el Emperador, y solía alardear de ello. Los otros eran desconocidos, soldados a los que podía identificar por el rostro, pero de quienes ignoraba los nombres y con los que apenas había cambiado algunas palabras. Sin saber muy bien por qué, lamentó de pronto no haberse preocupado en conocerlos mejor. Dentro de pocas horas iban a estar cabalgando juntos, hombro con hombro, hacia un peligro que los amenazaría a todos por igual. El desastre o la gloria, fuera lo que fuese aquello que aguardaba al final del camino lleno de tinieblas, se repartiría equitativamente, sin distinción de oficiales o subalternos. Esos doce soldados anónimos eran sus compañeros de batalla, de vida y quizá de muerte. Y se preguntó, descontento de sí mismo, por qué hasta aquella noche no se le había ocurrido pensar así en ellos.

En la distancia brilló un relámpago, y el trueno llegó a los pocos instantes. Los caballos se agitaron inquietos, e incluso Frederic tuvo que tirar de las riendas para mantener a *Noirot* en la formación. Un húsar blasfemó en voz alta.

—Hoy nos mojamos, compañeros. Os lo dice el viejo Jean-Paul.

«Al menos ya sé el nombre de otro», se dijo Frederic. Pero la voz pertenecía a un rostro oculto por la noche. Del modo de hablar se desprendía que era un veterano.

—Yo prefiero la lluvia al calor —respondió otra voz—. Me han contado que en Bailén…

—Vete con tu Bailén al diablo —respondió el tal Jean-Paul—. En cuanto amanezca vamos a hacer correr a esos andrajosos por toda Andalucía. ¿Es que no oísteis ayer al coronel?

—No tenemos tus orejas —dijo alguien—. Todos saben que son las más largas del Regimiento.

—¡Cuida las tuyas, voto a Dios! —respondió airada la voz del veterano—. ¡O te las cortaré yo en la primera ocasión!

—¿Tú, y cuántos más? —respondió el otro, fanfarrón.

—¿Eres Durand, verdad?

—Sí. Y he preguntado que tú y cuántos más me vais a cortar las orejas.

—Por el diablo, Durand, que en cuanto descabalguemos vamos a tener tú y yo bastante más que palabras...

Frederic creyó llegado el momento de intervenir.

—¡Silencio en las filas! —ordenó en tono enérgico.

La conversación cesó inmediatamente. Después se oyó murmurar en voz baja al llamado Jean-Paul:

—Es el subteniente. Muy gallito está, para no haber oído en su vida un cañonazo de verdad... ¡Ya veremos cómo te portas dentro de unas horas, querido!

Y de la oscuridad brotaron algunas risas quedas, ahogadas por el rumor de los cascos de los caballos.

La columna siguió avanzando al paso, muda serpiente de hombres y monturas que se deslizaba entre tinieblas. Los sables que pendían al costado izquierdo de los jinetes golpeaban contra estribos y espuelas con sonido metálico, como un sordo campanilleo que recorriese el escuadrón de punta a punta. Para no perder la ruta, cada fila de húsares se pegaba a las grupas de la que iba delante, hasta el punto de que a veces sonaba la maldición de un jinete cuyo caballo era literalmente empujado por el que venía detrás. La columna, compacta y soñolienta, marchaba hacia su destino como siniestro escuadrón formado por fantasmas negros de hombres y animales.

Frederic vio un resplandor rojizo al frente, como el de un incendio. Durante media legua mantuvo los ojos fijos en él, calculando la distancia, y decidió que se hallaba en la ruta que seguían. Al poco rato, ya con el resplandor muy próximo, comenzaron a perfilarse en la oscuridad algunas casas de formas confusas. Pasó frente a ellas, pensando que las paredes encaladas se asemejaban a sudarios inmóviles en la noche, y descubrió que la columna entraba en una población.

—Esto es Piedras Blancas —dijo un húsar, pero nadie confirmó sus palabras.

No había un alma en las calles desiertas, donde sólo se escuchaba el eco de los cascos de los caballos. Las casas estaban cerradas a cal y canto, como si sus moradores se hubieran marchado. También pudiera ser que permaneciesen despiertos y aterrados, sin atreverse a abrir una ventana, espiando por las rendijas el paso de aquella larga fila de diablos negros. A su pesar, Frederic se estremeció con la incómoda sensación de que aquel escenario, el pueblo silencioso y a oscuras, sin un mal farol que iluminase cualquier esquina, tenía algo de siniestro y horrible.

También aquello era la guerra, se dijo. Hombres y bestias que se movían en la noche, pueblos cuyo nombre no se llegaba a conocer jamás, y que sólo significaban etapas en el camino hacia alguna parte. Y sobre todo, aquella inmensa tiniebla que parecía cubrir la superficie de la tierra, hasta el punto de que resultaba difícil imaginar que, en otro lugar del planeta, el cielo era en ese mismo instante azul y brillaba el buen padre sol en lo alto.

El subteniente Frederic Glüntz, de Estrasburgo, a pesar de estar rodeado por muchas docenas de camaradas, miró a diestra y siniestra y tuvo miedo. Temió lo que la noche ocultaba a su alrededor, e instintivamente llevó la mano a la empuñadura del sable. Jamás en su vida había deseado tanto ver alzarse el sol en el horizonte.

El resplandor provenía de un incendio. En la plaza mayor del pueblo —ahora eran ya numerosos los húsares que aseguraban haber reconocido Piedras Blancas— ardía una casa, sin que nadie hiciera el menor esfuerzo por atajar el fuego. Un pelotón de fusileros de línea, descansando bajo los soportales de un edificio que parecía el Ayuntamiento, contemplaba plácidamente las llamas. El incendio iluminaba a los infantes envueltos en sus capotes, que observaron con poco interés el paso de los húsares. Algunos se apoyaban indolentes en sus mosquetones. El fuego próximo hacía bailar sombras en sus rostros, cuya extrema juventud sólo se veía desmentida, de vez en cuando, por el poblado mostacho de un veterano.

—¿Adónde lleva este camino? —les preguntó un húsar.

—No tenemos ni idea —respondió uno de los fusileros, que llevaba una frasca de vino entre las manos y el arma terciada a la espalda—. Pero no os quejéis —añadió con una mueca malévola—. Al menos, los señoritos de la caballería no vais andando, como nosotros.

Incendio, plaza y pueblo quedaron atrás. De nuevo entre los sombríos olivares, el escuadrón adelantó a varias formaciones de infantería, que se hicieron a un lado para dejar expedito el camino. Más adelante pasaron los húsares junto a unas piezas de artillería, cuyos sirvientes estaban tumbados junto a las cureñas, iluminados por el resplandor de una pequeña fogata. Los caballos de tiro, con los arneses puestos y listos para la marcha, piafaron al paso de la columna.

En el horizonte parecía querer imponerse una débil claridad. El aire frío de la madrugada hizo estremecerse una vez más a Frederic, que volvió a lamentar no haberse puesto el chaleco. Apretó con fuerza los dientes para evitar que castañeteasen, sonido que en aquellas circunstancias podía ser mal interpretado por los hombres que cabalgaban próximos. Desató el capote que llevaba en la parte delantera de la silla y se lo colocó sobre los hombros. Aunque un rato antes había dado una cabezada, estando a punto de caerse del caballo, ahora se sentía lúcido y despejado. Buscó en la bolsa de cuero que colgaba del pomo de la silla y extrajo una petaca de coñac, previsoramente dispuesta por Franchot, de la que bebió un corto sorbo. Esta vez el licor le produjo un efecto tónico, y entornó los ojos con gratitud cuando sintió el tibio calorcillo extenderse por su entumecido cuerpo. Guardó la petaca y palmeó suavemente el cuello de *Noirot*. Amanecía.

Poco a poco, las sombras informes que cabalgaban ante él fueron adquiriendo contornos propios. Primero fue un chacó, luego siluetas de hombres y caballos. Después, mientras la claridad iba en aumento, nuevos detalles fueron completando la visión de los jinetes que seguían cabalgando al paso, en filas de a cuatro: perfiles nítidamente recortados sobre la primera luz del alba, espaldas cruzadas por cartucheras y correajes, pecheras abigarradas en los dormanes, rojos chacós oscilando al ritmo de las cabalgaduras, sillas húngaras de montar guarnecidas con pieles de animales o cuero repujado, cordones y bordados en oro, raquetas escarlata, pulidas empuñaduras de sables, ceñidos uniformes azul índigo… La informe serpiente negra se fue convirtiendo en escuadrón de caballería en cuya cabeza ondeaba el águila imperial.

También el paisaje se tornaba definido. Las tinieblas se alejaron reptando, desvaneciéndose bajo una tenue luz que daba un tono grisáceo a los árboles nudosos y retorcidos. Y entre los olivares, cubriendo hasta el horizonte los campos pardos y secos de Andalucía, Frederic vio batallones enteros que, arrastrando cañones y erizados de bayonetas, marchaban en la misma dirección, hacia la batalla.

3

La mañana

El cielo color ceniza, veteado de negros nubarrones, gravitaba sobre la tierra como si estuviese preñado de plomo. Una fina llovizna comenzó a caer sobre los campos, velando el paisaje de gris.

El escuadrón se detuvo en la falda de una colina, en las proximidades de una granja en ruinas entre cuyos muros crecían chumberas y arbustos. Envueltos en sus capotes, los hombres descabalgaron para estirar las piernas y dar reposo a los caballos, mientras el comandante Berret enviaba un batidor en busca del coronel Letac, que se hallaba en las inmediaciones. Desde su posición, los húsares podían distinguir la masa oscura de otro escuadrón del Regimiento, inmóvil sobre una loma próxima.

Frederic vio acercarse a Michel de Bourmont. Su amigo traía el caballo por la brida, y se había puesto el capote verde sobre los hombros para proteger del agua los bordados del uniforme. Sus ojos azules sonreían.

—Llegó la lluvia, por fin —dijo Frederic con amargura, como si culpase al cielo de haberle jugado una mala pasada.

De Bourmont extendió una mano con la palma vuelta hacia arriba y la observó con fingida sorpresa, encogiéndose después de hombros.

—¡Bah!, son cuatro gotas. Apenas un poco de tierra húmeda bajo las patas de los caballos —sacó la petaca del bolsillo, se puso una tagarnina entre los dientes y ofreció otra a su amigo—. Disculpa si no tengo nada mejor, pero ya sabes que, en España, el tabaco que puede encontrarse en estos tiempos suele ser infecto. La guerra ha trastornado el aprovisionamiento de Cuba.

—No soy lo que se dice un buen fumador —respondió Frederic—. Ya conoces mi incapacidad para distinguir un cigarro infecto de la mejor labor recién importada de las colonias.

Ambos se inclinaron sobre el chisquero que De Bourmont extrajo de la petaca.

—Es una ignorancia censurable —dijo éste, exhalando con placer la primera bocanada de humo—. Un húsar que se precie de tal debe reconocer de inmediato un buen caballo, un buen vino, un buen cigarro y una linda mujer.

—¿Por ese orden?

—Por ese orden. Semejante tipo de sutilezas perceptivas es lo que diferencia a un oficial de la caballería ligera de uno de esos tristes pisaterrones que llevan las botas sucias de barro y acuchillan pie a tierra, como los campesinos.

Frederic miró la granja en ruinas.

—A propósito de campesinos… —comentó abarcando con un gesto el paisaje gris—, no hemos visto ninguno. Parece que nuestra presencia los ha ahuyentado a todos.

—No te fíes. Seguro que están cerca, emboscados, esperando a que alguno de los nuestros se quede aislado, para echarle el guante y colgarlo de un árbol. O armados con hoces y trabucos, engrosando ese ejército con el que estamos a punto de vernos las caras. ¡Por los clavos de Cristo, que ardo en ganas de tenerlos al alcance de mi sable…! ¿Te han contado lo de ayer?

Frederic hizo un gesto de ignorancia.

—No, creo que no.

—Acabo de enterarme, y traigo las tripas revueltas. Ayer una de nuestras patrullas se acercó a una granja en busca de agua. Los propietarios les dijeron que el pozo estaba cegado, pero ellos no se fiaban, y echaron un cubo. ¿Adivinas lo que sacaron? Un chacó de infantería. Un soldado se descolgó por una cuerda y encontró abajo los cuerpos de tres de los nuestros; los pobres chicos habían sido degollados mientras dormían en la granja.

—¿Y qué pasó? —indagó Frederic, estremecido a su pesar.

—¿Qué pasó? Imagínate cómo se pusieron los de la patrulla… Entraron en la casa y mataron a todo el mundo: el dueño, su mujer, dos hijos ya mayorcitos y una niña de pocos años. Después le pegaron fuego a aquello y se largaron.

—¡Bien hecho!

—Opino lo mismo. No hay que tener piedad con estos salvajes, Frederic. Hay que exterminarlos como si fueran bestias.

Frederic asintió sin reservas. El recuerdo de Juniac destripado en su árbol lo asaltó de nuevo, trayéndole una punzada de angustia.

—Sin embargo —comentó al cabo de unos instantes—, supongo que a su manera defienden su tierra. Nosotros somos los invasores.

De Bourmont se retorció una guía del bigote, furioso.

—¿Invasores? ¿Pero es que hay aquí algo que merezca la pena defender?

—Hemos destronado a sus reyes…

—¿Sus reyes? Unos miserables borbones, a cuyos primos se guillotinó en Francia. Un monarca gordo y estúpido, una reina inmoral que se acostaba con media corte… Esa gente no tenía ningún derecho. Estaban caducos, acabados.

—Te creía partidario de la vieja aristocracia, Michel.

De Bourmont sonrió con desdén.

—Una cosa es la vieja aristocracia y otra muy distinta la decadencia. De Francia sopla un viento poderoso, unas ideas de progreso que están barriendo Europa. Nosotros traeremos la luz, el orden nuevo. Ya está bien de curas y beatas, de supersticiones y de Inquisición. Vamos a sacar a estos salvajes de las tinieblas en que viven, aunque para eso tengamos que arcabucearlos a todos.

—Pero el rey Carlos abdicó en su hijo Fernando —protestó Frederic sin estar muy convencido de sus propios argumentos, sólo por el placer de continuar la discusión con su amigo—. Los españoles dicen pelear por su retorno. Lo llaman el Querido, el Deseado, o algo así.

De Bourmont soltó una carcajada.

—¿Ése? Quienes lo han visto aseguran que es servil y cobarde, y que le importa un bledo la sublevación que agita su nombre como una bandera. ¿No has leído el *Monitor*? Vive lujosamente al otro lado de los Pirineos y se deshace en felicitaciones al Emperador por nuestras victorias en España.

—Eso es verdad.

—Pues claro.

—Aseguran que es un miserable.

—*Es* un miserable. Nadie con un ápice de dignidad hace lo que él está haciendo, mientras su pueblo, por muy salvajes que sean estos campesinos, se echa al monte a pelear... ¡Bah! Olvidémoslo. Es Bonaparte quien ahora corona reyes en Europa, y el de España es su hermano José. La legitimidad la imponen nuestros sables y bayonetas. No será un ejército de desertores y aldeanos el que resista a los vencedores de Jena y Austerlitz.

Frederic torció el gesto.

—Pues en Bailén, Dupont tuvo que rendirse. Ya oíste anoche a Dombrowsky.

—No empieces con Bailén —cortó De Bourmont, molesto—. Aquello fue el calor y el desconocimiento del terreno. Un error de cálculo. Además, Dupont no tenía con él el 4.º de Húsares.

»Diablos, amigo mío, hoy has amanecido pesimista. ¿Qué te pasa?

Frederic miró a su camarada con franca sonrisa.

—No me pasa nada. Sólo que ésta es una guerra extraña, que no está en los libros que estudiamos en la Escuela Militar. ¿Recuerdas nuestra conversación de anoche? A uno le cuesta trabajo renunciar a batallas cabales, contra enemigos perfectamente reconocibles y alineados frente a frente.

—Guerras limpias —resumió De Bourmont.

—Eso es. Guerras limpias, donde los curas no se echen al monte con la sotana remangada y un trabuco a la espalda, y las viejas no arrojen aceite hirviendo sobre nuestros soldados. Donde los pozos tengan agua, y no cadáveres de compañeros asesinados.

—Pides mucho, Frederic.

—¿Por qué?

—Porque en la guerra se odia. Y el odio es el que empuja a los hombres.

—A eso voy. En cualquier guerra decente se odia al enemigo por eso mismo, porque es el enemigo. Pero aquí la cosa es más complicada. Se nos odia menos por invasores que por herejes; los clérigos predican rebelión desde los púlpitos, los campesinos prefieren abandonar los pueblos y quemar las cosechas antes que dejarnos al paso un mendrugo que podamos aprovechar...

De Bourmont sonrió amistosamente.

—No te ofendas, Frederic, pero a veces hablas con una ingenuidad que desarma. La guerra es así; no podemos cambiarla.

—Quizá yo sea un ingenuo. Quizá esté dejando de serlo en España, no lo sé. Pero siempre pensé que la guerra era otra cosa... Me sorprende esta brutalidad meridional, este orgullo ancestral, prehistórico, de los españoles, que todavía les hace escupirnos su odio a la cara antes de que la horca se los lleve al infierno. ¿Te acuerdas del cura de Cecina? Estaba allí, pequeño y sucio, miserable con su sotana raída y grasienta, con la soga al cuello... Pero no temblaba de miedo, sino de odio. A gentes así no basta con matarles el cuerpo. Sería preciso matarles también el alma.

Del otro lado de la colina llegó, apagado por la distancia, el retumbar de artillería lejana. Los caballos empinaron las orejas, piafando inquietos. Se miraron los dos amigos.

—¡Ya está! ¡Ya ha empezado! —exclamó De Bourmont.

A Frederic el corazón le saltó en el pecho de gozo.
El tronar de los cañones se le antojó hermoso a pesar de
la llovizna y el velo gris que cubría el horizonte. Tiró al
suelo la tagarnina, que humeó durante unos instantes sobre la tierra mojada, y puso la mano en el hombro de su
camarada.

—Creí que este día no iba a llegar nunca.

De Bourmont torció el bigote en una mueca de
complicidad. Los ojos le brillaban con la excitación del
gallo de pelea que se dispone al combate.

—Yo creía lo mismo —respondió mientras apretaba
con fuerza la mano del amigo sobre su hombro.

Los húsares conversaban en corros, mirando en la
dirección hacia la que sonaban los cañonazos e inter-
cambiando rumores de diversa índole, todos ellos des-
provistos del menor fundamento. Un caporal alto y hue-
sudo, de trenzas y bigote rojos, comentaba con aire de
enterado su certeza de que el general Darnand había
planeado una finta en dirección a Limas, cuando lo que
en realidad pretendía era cortar en dos puntos el camino
de Córdoba. La exposición táctica del húsar pelirrojo no
era compartida por uno de sus compañeros, que —ba-
sándose en confidencias anónimas pero absolutamente
fiables— sostenía que el avance hacia Limas era el inicio
de un audaz movimiento destinado a cortar al ejército
español la retirada en dirección a Montilla. La discusión,
que subía de tono, vino a enconarse cuando un tercer
húsar afirmó, con idéntica seguridad, que no había en
curso avance alguno sobre Limas, y que el verdadero

movimiento, que no se iniciaría hasta la noche, sería en dirección a Jaén.

El enlace enviado por Berret estaba de regreso, galopando ya por la falda de la colina. Sobre la loma próxima, la masa oscura del otro escuadrón se desplazaba lentamente, rebasando la cima y desapareciendo de la vista.

La corneta ordenó montar a caballo. Los dos amigos se quitaron los capotes, atándolos delante de los pomos de las sillas. De Bourmont le guiñó un ojo a Frederic, se izó sobre los estribos y ocupó su puesto. A lomos de *Noirot*, Frederic se aseguró en el arzón y ajustó el barboquejo de cobre de su colbac. Miró con disgusto hacia el cielo gris. La llovizna empezaba a calarle el dormán y sentía una incómoda humedad sobre los hombros y espalda. Afortunadamente, la temperatura se había vuelto soportable.

Otro toque del cornetín de órdenes y el escuadrón partió al trote, rodeando la colina. Las patas de los caballos arrancaban trozos de tierra húmeda, arrojándolos sobre los jinetes que venían detrás. En cierta forma, Frederic prefería eso a la polvareda que se levantaba cuando el suelo estaba seco, sofocando a jinetes y monturas y dificultando la visión durante la marcha. Echó un vistazo a las dos pistoleras sujetas a cada lado del pomo de la silla, en las que, cubiertas por paños encerados para protegerlas de la humedad, estaban sus dos excelentes pistolas modelo *Año XIII*. Todo iba bien. Se sentía excitado por la inminencia de la acción, pero tranquilo y con la mente clara. Ajustó su cuerpo al movimiento de *Noirot*, disfrutando del placer de la cabalgada, con los ojos y oídos atentos a la menor señal que indicase combate.

Dejando atrás la colina, pasaron junto a un bosquecillo en el que se distinguían las casacas azules cruzadas por correajes blancos de algunos soldados de infantería. El cañón seguía rugiendo en la distancia, al otro lado del horizonte. Después salieron a un llano, observando que a su derecha, no demasiado lejos, cabalgaba otro escuadrón de húsares, presumiblemente el que durante la anterior pausa se mantuvo a la vista sobre la loma cercana. Frederic experimentó una íntima sensación de orgullo al divisar el imponente aspecto del escuadrón hermano, avanzando en perfecta formación como una máquina de guerra viva, disciplinada y perfecta, que portaba en las vainas un centenar de sables impacientes.

Anduvieron entre cerros y quebradas hasta avistar un pueblo pequeño del que surgían columnas de humo. El comandante Berret ordenó hacer alto, y durante un rato se entretuvo con Dombrowsky consultando un mapa. Frederic los observó distraídamente, con el oído concentrado en el distante cañoneo, al que ahora se sumaba fragor de fusilería. Mientras evitaba con suaves tirones de las riendas que *Noirot* mordisquease la rala hierba del suelo, vio cómo el capitán lo miraba y le hacía una seña. El corazón le palpitó con fuerza al picar espuelas y acercarse a los jefes del escuadrón.

Berret, de pie sobre los estribos, entornaba su único ojo observando el pueblo con expresión grave. Fue el capitán quien le habló a Frederic.

—Glüntz, tome seis hombres y haga un reconocimiento en esa dirección. Averigüe quién está en el pueblo.

Frederic se irguió en la silla, sintiéndose enrojecer. Era la primera vez que se le encomendaba una misión individual en combate.

—A sus órdenes —*Noirot* cabeceaba inquieto, como si compartiese la emoción del jinete.

Dombrowsky tenía el aire preocupado.

—No se complique la vida, Glüntz —recomendó frunciendo el ceño—. Tan sólo eche un vistazo y regrese de inmediato. Todavía es temprano para correr en pos de la gloria. ¿Me entiende?

—Perfectamente, mi capitán.

—No se le pide ninguna hazaña. Sólo que vaya allí, mire lo que ocurre y vuelva a contárnoslo. En principio, nuestra infantería debe encontrarse en el pueblo.

—Entendido, mi capitán.

—Pues dese prisa. Y ojo con los guerrilleros.

El joven miró al comandante, pero Berret permanecía de espaldas a ellos, absorto en la contemplación del paisaje. Frederic saludó con impecable marcialidad y se volvió hacia los húsares de su pelotón que vio más próximos. Señaló a aquellos que juzgó con mejor aspecto.

—Vosotros seis. Seguidme.

Espolearon los caballos y salieron al galope. La fina lluvia continuaba cayendo mansamente, pero aunque la tierra comenzaba a encharcarse no estaba todavía demasiado blanda. Frederic apretó los muslos contra los flancos de su montura e inclinó la cabeza. El agua le corría por la cara y la nuca, goteándole desde la empapada piel de oso del colbac. Mientras se distanciaba del escuadrón, tuvo la certeza de que los ojos azules de Michel de Bourmont lo acompañaban desde lejos en la cabalgada.

Las columnas de humo que se levantaban sobre el pueblo parecían inmóviles, suspendidas entre cielo y tierra, condensadas en la mañana gris. El suelo estaba hollado por señales de caballos y rodadas de carros o cañones. El aire olía a madera quemada.

Salieron a un camino que discurría entre almendros. El pueblo estaba ya muy cerca y al otro lado se oían descargas cerradas, pero todavía no se alcanzaba a distinguir ser viviente alguno. El desconocido sendero que se abría ante él trajo cierta aprensión a Frederic, que de un momento a otro se creía a punto de topar con una partida enemiga. Sin dejar de espolear a *Noirot*, se puso las bridas entre los dientes y extrajo una pistola de las fundas gemelas, liberándola del paño encerado antes de volver a dejarla en su sitio, al alcance de la mano y lista para ser utilizada.

Había un carro volcado a un lado del camino, y junto a él un hombre muerto. Lo miró fugazmente al pasar. Tenía el rostro hundido en la tierra húmeda, la ropa empapada y los brazos abiertos en cruz. Una pierna estaba extrañamente retorcida y le habían quitado las botas. No reconoció el uniforme, por lo que supuso se trataba de un español. Algo más lejos había otros dos cadáveres junto a un caballo muerto. Concentrada su atención en las primeras casas del pueblo, ya próximas, y en el cercano estrépito de fusilería, tardó algún tiempo en caer en la cuenta de que, por primera vez en su vida, acababa de ver hombres muertos en un campo de batalla.

Un par de casas ardían a pesar de la llovizna. Al desplomarse, las vigas carbonizadas desprendían un haz de chispas que volaban hasta convertirse en cenizas. Frederic tiró de las riendas y puso el caballo al paso mientras desenfundaba el sable. Desplegados a su espalda, los seis húsares empuñaban las carabinas, atisbando a su alrededor con ojos de veteranos. La calle principal parecía desierta. Más allá de los edificios blancos, las descargas daban paso a tiros aislados.

—No vaya al descubierto, mi subteniente —le dijo un húsar de largas patillas negras, que cabalgaba pegado a su grupa—. Junto a las casas ofrecemos menos blanco.

Frederic juzgó razonable el consejo, pero no respondió y mantuvo a *Noirot* por el centro de la calle. El húsar permaneció a su lado, refunfuñando entre dientes. Los otros cinco avanzaban detrás, junto a los muros de las casas, con las riendas flojas y las carabinas atravesadas en el arzón.

Un perro con el pelo erizado por la lluvia cruzó corriendo la calle, perdiéndose en una callejuela. Recostado contra una pared, con los ojos cerrados y la boca abierta, había otro cadáver. Esta vez se trataba de un francés. El correaje blanco que le cruzaba el pecho estaba sucio de barro, y a su lado se encontraba la mochila, abierta y con el contenido desparramado por el suelo. Aquello impresionó más a Frederic que la expresión rígida de su desdichado propietario. Recordó al español sin botas del camino, y se preguntó quién podría ser tan miserable como para despojar a los muertos.

La lluvia había cesado y los charcos reflejaban el cielo color de plomo. Al otro lado de un muro sonó una descarga próxima que hizo a Frederic, muy a su pesar, dar un respingo en la silla. El húsar de las patillas negras se puso a protestar. No conducía a nada, dijo, hacerse matar yendo a caballo por mitad de la calle.

Esta vez Frederic estuvo de acuerdo. Empezaba a pensar que la guerra real no se parecía en nada a las heroicas imágenes que aparecían en los grabados de los libros, o en los cuadros de bellos colores referentes a gestas militares. Sólo alcanzaba a ver, en el húmedo marco gris de la mañana, pequeños fragmentos aislados en tonos fríos, escenas individuales y mezquinas desprovistas de los matices cálidos y de la hermosa perspectiva global que, hasta ese día, había creído que caracterizaban un combate. No sabía si estaban perdiendo o ganando. A decir verdad, ni siquiera sabía a ciencia cierta si estaba en el campo de batalla o si, por el contrario, lo que se libraba allí eran tan sólo pequeñas escaramuzas marginales, alejadas del escenario en donde realmente se decidía sin él la contienda. Ese último pensamiento le hizo experimentar una singular desazón y se enfureció contra el Destino, que quizá en aquel momento le estaba arrebatando la gloria para concedérsela a otros menos dignos de ella.

Al rodear una casa descubrieron a un pelotón de infantería que hacía fuego parapetado tras una cerca, en dirección a un bosque próximo. Los fusileros tenían los rostros tiznados de pólvora; mordían uno tras otro los cartuchos de bala empujándolos con las baquetas en los humeantes mosquetones antes de echarse el arma a la cara, disparar y volver a repetir los mismos movimientos. Eran una veintena y tenían aspecto fatigado.

Miraban hacia el bosque con expresión de enconada concentración, ajenos a cuanto no fuese cargar, apuntar y disparar. Uno de ellos, sentado en el suelo, tenía el rostro oculto entre las manos y un pañuelo empapado de sangre le rodeaba la cabeza. De vez en cuando gemía sordamente, sin que nadie le hiciera el menor caso. Su mosquetón estaba a un par de varas, apoyado en la cerca. A veces una bala pasaba silbando por encima, yendo a estrellarse con un chasquido contra una tapia cercana.

Un sargento de bigote gris y ojos enrojecidos vio a los húsares y se acercó caminando tranquilamente, limitándose tan sólo a agachar la cabeza cuando un nuevo proyectil rasgaba el aire demasiado cerca. Tenía las piernas cortas y fuertes, dentro de los ceñidos calzones blancos manchados de barro.

Cuando distinguió los picudos galones de subteniente en las mangas del dormán de Frederic, el sargento dejó de agachar la cabeza. Saludó con desenvoltura y dio la bienvenida a los húsares.

—No sabía que andaban por aquí —dijo con visible satisfacción—. Siempre da gusto tener cerca a la caballería ligera. Si quieren descabalgar, se encontrarán más seguros. Nos están tirando desde el bosque.

Frederic pasó por alto la observación. Envainó el sable y acarició la crin de *Noirot*, observando con estudiada indiferencia el escenario en el que tenía lugar la escaramuza.

—¿Cuál es la situación?

El sargento se rascó una oreja, miró otra vez hacia el bosque y después al joven oficial y sus acompañantes. Parecía divertirle la idea de que los vistosos uniformes de los recién llegados estuviesen casi tan mojados como el suyo.

—Somos del Setenta y Ocho de Línea —dijo innecesariamente, puesto que el número de su Regimiento lo llevaba en el chacó—. Llegamos al pueblo poco antes del amanecer, y los desalojamos de aquí. Un grupo se quedó ahí enfrente, y ahora nos estamos ocupando de ellos.

—¿Qué efectivos ocupan el pueblo?

—Una compañía, la Segunda. Estamos un poco por aquí y por allá.

—¿Quién se encuentra al mando?

—El capitán Audusse. La última vez que lo vi estaba junto a la torre de la iglesia. Él manda la compañía. El resto del batallón está media legua al norte, desplegado a lo largo del camino que lleva a un lugar llamado Fuente Alcina. Es todo cuanto puedo decirle. Si quiere más detalles, puede dirigirse al capitán.

—No es necesario.

Del bosque salieron tres o cuatro tiros casi simultáneos, y uno de ellos pasó bajo, cerca del grupo. Uno de los infantes que estaban junto a la cerca dio un grito y dejó caer el fusil. Después retrocedió dando traspiés, mirándose atónito el vientre manchado de sangre.

El sargento se desentendió de los húsares y dio unos pasos en dirección a sus hombres.

—¡Cubríos, idiotas! —les gritó, furioso—. ¡Estamos aquí para hostigar a los de enfrente, no para servirles de blanco!… ¿A qué diablos está esperando Durand?

Uno de los húsares se puso en pie sobre los estribos, apuntó la carabina e hizo fuego. Después se puso a silbar entre dientes mientras la cargaba de nuevo empujando con la baqueta. A unas cien varas por la izquierda, saliendo de detrás de unas chumberas, una fila de fusileros avanzó desde el pueblo en dirección al bosque, deteniéndose para disparar y cargar y avanzando sucesivamente. El sargento sacó el sable y echó a correr hacia la cerca.

—¡Venga, venga! ¡Ahí está Durand! ¡Adelante! ¡Vamos a por ellos!

Los soldados, caladas las bayonetas, se pusieron en pie. Cuando el sargento saltó al otro lado de la cerca lo siguieron a la carrera, gritando. En la posición sólo quedaron el herido de la cabeza vendada y el alcanzado en el vientre, que se había dejado caer de rodillas y miraba estúpidamente la sangre que le chorreaba por los muslos, como negándose a creer que aquel líquido rojo brotara de su cuerpo.

Frederic y sus acompañantes se quedaron unos instantes observando el avance de las dos líneas azules que convergían hacia los árboles entre una humareda de pólvora. De ellas se desprendieron tres o cuatro manchitas azules más pequeñas, que quedaron tendidas en el suelo mientras el resto proseguía su avance.

Estuvieron mirando un rato más. Después, cuando las dos filas llegaron a la linde del bosque, los húsares volvieron grupas y salieron del pueblo al galope, desandando camino para reunirse con su escuadrón.

Así que era eso. Barro en las rodillas y sangre en el vientre, atónita sorpresa en la rígida expresión de los muertos, cadáveres despojados, lluvia y enemigos invisibles de los que apenas se percibía la humareda de los disparos. La guerra anónima y sucia. No había rastro de gloria en el soldado que gemía con la cabeza vendada y el rostro entre las manos, ni en el otro herido que contemplaba sus propias entrañas desgarradas como quien formula un reproche.

Frederic puso su caballo al trote largo. Tras él cabalgaban imperturbables los seis húsares, que no habían hecho comentarios sobre las escenas que acababan de presenciar. El joven, sin embargo, sentía agolpársele las preguntas sin respuesta; le habría gustado estar solo para formularlas en voz alta.

Pasaron otra vez junto a los tres muertos del camino, y en esta ocasión Frederic mantuvo fijos en ellos los ojos, fascinado, hasta que los dejaron atrás. Jamás había pensado que un cadáver pudiera ser algo tan atrozmente desprovisto de vida. Cuando se imaginaba a sí mismo muerto, se veía con los ojos cerrados y una expresión plácida en el rostro; acaso con una suave sonrisa indeleble en la comisura de los labios. Algún camarada le cruzaría los brazos sobre el pecho, sus amigos derramarían lágrimas a su alrededor y sería llevado a hombros de éstos hacia su última morada, con un rayo de sol iluminándole el rostro cubierto por digna máscara de polvo y sangre, como correspondía a un buen y leal soldado.

Y ahora descubría que muy bien pudiera no ser así. Aquellos cuerpos tendidos en el barro producían una extraña congoja, una aterradora sensación de soledad infinita bajo la luz gris de la mañana. Y Frederic sintió brotarle en el pecho una pena muy honda al pensar que una muerte como ésa podría estarle destinada.

La proximidad del escuadrón disipó sus lúgubres pensamientos. Retornaba a la seguridad de los rostros conocidos, de la tropa numerosa y disciplinada bajo el mando de jefes responsables y expertos, conocedores de su oficio, acostumbrados a ver hombres muertos en el barro. Era como retornar al mundo de los vivos y de los fuertes, donde el sentimiento se volvía colectivo, transformándose en una fe ciega en la victoria, en una seguridad indestructible basada en la conciencia del propio poder.

Informó a Berret y Dombrowsky sobre la situación en el pueblo, limitándose a mencionar las tropas que lo ocupaban y la escaramuza del bosque. Nada dijo sobre los cadáveres del camino, ni del soldado muerto en la calle, ni de los heridos de la cerca. Mientras contemplaba los rostros impasibles de sus superiores, tras los que se extendían las sólidas filas del escuadrón, sintió que tales escenas se difuminaban en su mente como un mal sueño, hasta desaparecer.

De vuelta a su puesto en la formación, cambió un saludo con De Bourmont, que agitó una mano sonriéndole con simpatía. El húsar de las patillas negras que lo había acompañado en la descubierta refería a sus compañeros los pormenores de la entrada en la aldea.

—Tendríais que haber visto al subteniente... —comentaba a media voz, sin percatarse de que el aludido estaba cerca, escuchando—. Iba por mitad de la calle, muy tieso en su silla, y cuando le dije que podían pegarle un tiro, le faltó muy poco para mandarme al diablo. Un alsaciano testarudo y con redaños, eso es lo que es... ¡No está mal para tratarse de un novato!

Frederic se sonrojó de orgullo y dejó vagar sus ojos por los campos cubiertos de olivares y almendros. El cielo encapotado parecía querer aclarar por el horizonte, como si el sol pugnase por abrirse camino entre el manto de nubes.

Sonó el cornetín de órdenes y el escuadrón avanzó al trote, dejando el pueblo a la izquierda e internándose en los campos que hacía meses nadie roturaba. Cabalgaron cosa de una legua, y al poco tiempo comenzaron a ver tropas. Primero fue una compañía de cazadores que marchaba entre los rastrojos de un viejo maizal. Después vieron varias piezas de artillería que eran remolcadas al galope, traqueteando a campo traviesa. Finalmente adelantaron a un pelotón de dragones a caballo que marchaba al paso, con las bridas flojas, aspecto fatigado y las carabinas enfundadas en el arzón. Al otro lado de unas lomas cercanas se escuchaban distantes descargas de fusilería, punteadas por cañonazos.

El escuadrón se detuvo a abrevar las monturas junto a un riachuelo que discurría entre márgenes cenagosas y cubiertas de arbustos. El comandante Berret se alejó con el capitán Dombrowsky, el teniente Maugny, el portaestandarte Blondois y el corneta mayor, subiendo los cuatro a un cerro próximo. Otro escuadrón del Regimiento estaba inmóvil a la vista, encontrándose sus jefes en el cerro, donde presumiblemente se había instalado la plana mayor del 4.º de Húsares. El coronel Letac debía de estar allá arriba o en alguna parte, no muy lejos, con el séquito del general Darnand.

Frederic desmontó y dejó a *Noirot* hundir libremente el belfo en las aguas turbias del riachuelo. Seguía sin llover, y la brisa de la cabalgada había secado un poco los uniformes de los húsares, que estiraban las piernas y cambiaban conjeturas sobre lo que estaba ocurriendo al otro lado de las lomas, allí donde parecía empeñado el combate principal. Frederic sacó el reloj del bolsillo; las manecillas indicaban poco más de las diez de la mañana.

El teniente Philippo se acercó, en animada conversación con De Bourmont. Dejaron los caballos abrevando y se unieron a Frederic. Philippo era un húsar de rostro agitanado, trenzas y bigote negros, y piel morena, casi aceitunada. Su estatura era mediana, siendo algo más bajo que Frederic y bastante más que De Bourmont, y acostumbraba a maldecir en italiano, lengua que hablaba perfectamente por ser su familia de origen transalpino. Se trataba de un individuo presumido, extremadamente cuidadoso en el vestir y, aseguraban, muy valiente. Había peleado en la batalla de Eylau y en el Parque de Monteleón, en Madrid, y se había batido cinco veces en duelo, siempre a sable, matando a dos de sus antagonistas. Las mujeres, causa de su fama de duelista, eran su debilidad, y muchos aseguraban que también su ruina. Solía pedir dinero prestado a todo el mundo, y lo devolvía contrayendo nuevas deudas.

Philippo estrechó, ceremonioso, la mano de Frederic.

—Mis felicitaciones, Glüntz. Me han dicho que su primera misión individual resultó satisfactoria.

De Bourmont sonreía, satisfecho de que se elogiase a su amigo. Frederic se encogió de hombros; en el Regimiento era de mal tono dar importancia a cualquier hazaña personal, por lo que detenerse a considerar una rutinaria patrulla sin incidentes resultaba inconcebible.

—Yo diría que más bien resultó aburrida —respondió con la debida modestia—. Los nuestros habían desalojado del pueblo a los españoles, así que no hubo novedad.

Philippo se apoyó con las dos manos sobre el sable. Le gustaba darse aires de veterano.

—Ya tendrá usted ocasión de experimentar sensaciones más fuertes —dijo con el aire misterioso del que no cuenta todo lo que sabe—. He oído de buena tinta que dentro de un rato entraremos en línea.

Los dos subtenientes miraron a Philippo, sumamente interesados. Éste se pavoneó, satisfecho de la impresión que había causado.

—Así es, queridos amigos —añadió—. Según comentó antes Dombrowsky en uno de sus raros momentos de locuacidad, Darnand sigue intentando cortar a los españoles el paso hacia la serranía. El problema reside en la columna Ferret.

—¿Qué pasa con Ferret? —preguntó De Bourmont—. Según mis noticias, tendría que estar reforzando nuestro flanco.

Philippo hizo un gesto desdeñoso, como si pusiera en duda la capacidad militar del coronel Ferret.

—Ahí está el quid de la cuestión —explicó—. Ferret, que tendría que estar aquí hace rato, todavía no ha llegado. Así las cosas, es posible que echen mano de nosotros antes de lo previsto, para desorganizar las líneas enemigas que están al otro lado de esos cerros.

—¿Dombrowsky dijo eso? —interrogó Frederic, excitado por las confidencias de Philippo. Ya se veía cabalgando hacia el enemigo.

—No; lo último es una suposición mía. Pero me parece elemental. Somos la única fuerza móvil que hay en el sector, y además el único regimiento que todavía no ha entrado en fuego. Los demás están batiendo el cobre desde hace rato, excepto el Octavo Ligero, que sigue en reserva.

—Antes hemos visto unos dragones —comentó De Bourmont.

—Sí, lo sé. Me han dicho que los están utilizando en pequeños grupos para misiones de reconocimiento a lo largo de toda la línea. Nuestros cuatro escuadrones, sin embargo, están aquí.

Frederic no compartía la seguridad de Philippo.

—Yo sólo veo a ésos —indicó, señalando la inmóvil masa de jinetes que se mantenía a la vista cerca del escuadrón—. Ésos y nosotros. Y como uno y uno suman dos, nos falta medio regimiento.

Philippo torció el gesto con fastidio.

—Me aburre con sus germánicos cálculos, Glüntz —dijo molesto—. Usted es joven, todavía no tiene experiencia. Confíe en lo que le dice un veterano.

—Eso es razonable —indicó De Bourmont, y Frederic se mostró rápidamente de acuerdo.

—Me gustaría saber quién lleva ventaja —comentó mientras señalaba en dirección al campo de batalla.

—Ah, eso no hay forma de saberlo por ahora —alegó Philippo—. Lo que parece es que nuestro flanco tiene cierta dificultad para mantenerse. Han pedido más artillería, y de un momento a otro se espera que el Octavo Ligero entre también en línea. Tendremos que echar una mano dentro de poco.

—Eso no me desagradaría —comentó De Bourmont.

Philippo palmeó la empuñadura de su sable con aire fanfarrón.

—Toma, ni a mí. En cuanto asomemos al otro lado de esos cerros, los españoles van a ponerse a correr como alma que lleva el diablo. *¡Cazzo di Dio!*

Frederic desató el capote que llevaba arrollado en la silla de montar y lo extendió en el suelo, bajo el tronco de un olivo. Se quitó el colbac, descolgó la cantimplora y se tumbó, mordisqueando un trozo de galleta seca que extrajo de la alforja. Los otros lo imitaron.

—¿Alguien tiene coñac? —preguntó Philippo—. Si es aguardiente, tampoco rechazaría un trago.

De Bourmont le alargó un frasco sin decir palabra. Los húsares habían tenido tiempo de aprovisionarse antes de abandonar el campamento, pero sin duda el teniente había agotado ya su reserva. Philippo se lo llevó a los labios y resopló satisfecho.

—Ah, mis queridos amigos… Esto resucita a un muerto.

—No a los que yo he visto —murmuró Frederic, en un rasgo de humor negro del que él fue el primer sorprendido. Los otros lo miraron, extrañados.

—¿En el pueblo? —preguntó De Bourmont.

Frederic hizo un gesto evasivo.

—Sí, tres o cuatro. Españoles, la mayoría. Les habían quitado las botas.

—Si eran españoles, me parece bien —opinó Philippo—. Además, ¿para qué le sirven las botas a un muerto?

—Para nada —respondió De Bourmont, lúgubre.

—Pues eso; para nada. Algún vivo las necesitaría.

—Jamás despojaré a un cadáver —dijo Frederic con el ceño fruncido.

Philippo enarcó una ceja.

—¿Por qué? A los muertos les da igual.

—Es indigno.

—¿Indigno? —Philippo soltó una risita aguda—. Es la guerra, querido. Naturalmente, son cosas que no se aprenden en la escuela militar. Ya irá aprendiendo, se lo aseguro... Imagine, Glüntz, que usted camina por un campo de batalla, después de una dura jornada sin probar bocado, y encuentra un soldado muerto con el zurrón bien repleto. ¿Sus escrúpulos le impedirían darse un banquetazo?

—Prefiero morirme de hambre —dijo Frederic con absoluta convicción.

Philippo agitó la cabeza, reprobador.

—Veo que ha pasado poca hambre en la vida, amigo mío... ¿Y usted, Bourmont, renunciaría a las vituallas si estuviese en el lugar de nuestro joven Glüntz?

De Bourmont se retorció una guía del bigote, dubitativo.

—Creo que haría lo mismo que él —dijo por fin—. No me gusta despojar a los muertos.

Philippo chasqueó la lengua con desaliento.

—Imposible hacer carrera con ustedes dos. Eso es lo malo de las almas puras; consideran la vida como un sueño color de rosa. Ya cambiarán, ya. Quizá empiecen a cambiar hoy mismo. Despojar a los muertos, ha dicho usted. ¡Je! Eso no es nada. ¿Nunca les han hablado de esos repugnantes grupos de expoliadores que suelen acompañar a los ejércitos en campaña, y que a la noche, después de una batalla, se deslizan como sombras entre cadáveres y heridos para arrancarles hasta el último objeto de valor? Esos buitres carroñeros llegan a rematar a los moribundos para robarles, cortan dedos para conseguir los anillos, trituran mandíbulas para obtener los dientes de oro… Comparado con lo que hace esa chusma, quedarse con un mendrugo de pan o un par de botas es un juego de niños… Insisto en que esto resucita a un muerto —proclamó devolviéndole a De Bourmont el frasco de coñac mientras eructaba discretamente—. La verdad es que estaba necesitando un trago, *Corpo di Cristo*. Nos hemos mojado un poco esta mañana, ¿eh? Con eso de no saber hacia dónde diablos cabalgábamos y si el combate era inminente o no, todos tardamos en ponernos el capote. Sólo el viejo Berret y ese estirado de Dombrowsky lo sabían, pero no dijeron ni pío. Dentro de un rato, las dos terceras partes del escuadrón estarán estornudando. Menos mal que ahora no llueve.

Un batidor se acercaba al trote. Sin duda se dirigía al cerro donde habían subido Berret y los otros. Los batidores eran los enlaces de la caballería; solían recorrer el campo de batalla de un lado a otro llevando mensajes a las unidades. Philippo llamó su atención cuando pasó junto a ellos.

—¿Alguna novedad, soldado?

El húsar, un joven de trenzas y coleta rubias, retuvo unos instantes su montura.

—El Cuarto Escuadrón cayó hace un rato sobre una partida de guerrilleros, a cosa de una legua de aquí

—informó con un timbre de satisfacción en la voz; él pertenecía al Cuarto—. Todavía andan por ahí, acuchillando gente en la persecución. Un lindo trabajo.

—Sin cuartel —murmuró De Bourmont con sonrisa cínica, viendo alejarse al batidor.

Philippo estaba complacido.

—Sin cuartel, en efecto. Ésa es la ventaja cuando se trata de guerrilleros; no hay que molestarse en hacer prisioneros. Unos cuantos golpes de sable y, zis, zas, solventada la cuestión.

De Bourmont y Frederic se mostraron de acuerdo. Philippo reía.

—Es curioso —comentó pavoneándose—, pero ese tipo de guerra irregular, a base de partidas que se echan al monte, es muy propio de los pueblos meridionales.

—¿De veras? —De Bourmont se inclinó hacia el teniente, interesado.

—¡Es evidente, amigos míos! —Philippo solía alardear a la menor oportunidad de su sangre italiana—. Para la guerrilla hace falta imaginación, iniciativa… Incluso cierta indisciplina. ¿Imaginan a un inglés guerrillero? ¿O a un polaco como el capitán Dombrowsky?… ¡Imposible! Para eso hay que tener la sangre caliente, caballeros. Caliente.

—Como usted, querido —indicó De Bourmont con velada sorna.

—Como yo; exacto. En el fondo no me caen mal del todo esos malditos campesinos del trabuco. Cuando los degüello, tengo la impresión de estar degollando a mi padre. El buen hombre era meridional hasta la médula de los huesos.

—Pero usted mata más franceses que españoles, Philippo. Usted y sus famosos duelos…

—Yo mato lo que se me pone delante —sentenció el italofrancés, algo picado.

Frederic acarició la grupa de *Noirot*, que relinchó agradecido. El cielo gris se reflejaba en el agua del riachuelo, pero las nubes se habían abierto un poco y entre ellas despuntaban retazos de azul. Un rayo de sol iluminaba las cimas de los cerros cercanos. El joven pensó que a pesar de la guerra, o quizá gracias a ella, el paisaje se le antojaba ahora muy hermoso.

Miró el caballo de De Bourmont, que abrevaba junto al suyo, metido en la corriente del arroyo hasta los corvejones. Tenía una soberbia estampa, tordo rodado de crin larga y cola recortada, sin que las manchas de los cuartos traseros afearan su aspecto. La silla guarnecida con piel de leopardo era de singular belleza; húngara, como casi todo el equipo de los húsares: silla de montar, botas, uniformes… Incluso el término *húsar* procedía de aquel país. Alguien le había contado una vez a Frederic que provenía de las palabras *husz*, que significaba cien, y *ar*, renta. Desde siglos atrás, cada propietario de tierras tenía la obligación en Hungría de proporcionar a su señor un hombre equipado y un caballo para la guerra, por cada cien habitantes de su feudo. Ése había sido el origen de la legendaria caballería ligera cuyo estilo y tradiciones habían sido adoptados por los ejércitos de casi todos los países de Europa.

Con total desenvoltura, Philippo les preguntó si llevaban encima cigarros, pretextando que su petaca estaba en la alforja, ésta en el caballo, y aquél en mitad del riachuelo. De Bourmont se desabrochó algunos botones de su dormán y sacó tres tagarninas. Las encendieron y fumaron en silencio, contemplando las nubes y claros que pasaban sobre sus cabezas.

—Me pregunto —comentó Philippo al cabo de un rato— cuánto tardaremos en regresar a Córdoba.

Frederic lo miró, sorprendido.

—¿Le gusta Córdoba? Yo encuentro esa ciudad calurosa y sucia.

—Las mujeres son guapas —respondió Philippo con ojos soñadores—. Conozco allí a una preciosidad, con pelo de azabache y una cintura que haría perder la cabeza hasta a ese maldito témpano de Dombrowsky —era evidente que el capitán polaco no gozaba de la simpatía del italofrancés—. Se llama Lola, y tiene unos ojos como para tirar a Letac del, ejem, caballo.

—Lola significa Dolores, ¿verdad? —preguntó De Bourmont—. Creo que se trata de un diminutivo, de un nombre familiar.

Philippo suspiró ruidosamente.

—Dolores… Lola… ¿Qué más da? ¡Cualquier nombre le sentaría bien!

—Me gusta —comentó Frederic, repitiendo varias veces el nombre en voz alta—… Lola. ¿Suena bien, verdad? Es algo elemental, salvaje. Muy español, sin lugar a dudas. ¿Es hermosa?

Philippo emitió un suave quejido.

—Ya lo he dicho. ¡Hermosísima! Pero lo que no saben ustedes es que ella fue, indirectamente por supuesto, la culpable de…

—Su último duelo —señaló De Bourmont.

—Ah, ¿conocen la historia?

—*Todo* el Regimiento conoce la historia —indicó De Bourmont con fastidio—. La ha contado usted veinte veces, querido.

—¿Y qué? —repuso Philippo, amostazado—. Aunque la haya contado cien, la historia sigue siendo la misma, y Lola sigue siendo Lola.

—A saber con quién estará ahora —comentó De Bourmont, guiñándole furtivamente un ojo a Frederic.

Philippo volvió a dar unas palmaditas en la empuñadura de su sable.

—Con quien seguro que no está es con aquel imbécil del Undécimo de Línea al que sorprendí una noche rondando la verja de su casa… Le dije que me acompañara a solventar la cuestión en un lugar discreto, y respondió que en el ejército francés está prohibido batirse. Eso a mí, ¡al teniente Philippo! Entonces lo seguí hasta su acuartelamiento y monté en la puerta tal escándalo que al pobre diablo casi lo sacaron a rastras sus compañeros para que no quedase deshonrado el nombre del Regimiento.

—Le dio usted un buen sablazo —recordó De Bourmont.

—Le di varios. Cayó como un saco de patatas, y se lo llevaron más muerto que vivo.

—Me informaron sólo de uno. Y de que se fue por su pie.

—Le informaron mal.

—Si usted lo dice…

Se quedaron un rato callados, escuchando el lejano fragor del combate que se desarrollaba tras los cerros.

Los de infantería debían de estar pasando un mal rato, pensaba Frederic, atento a los estampidos.

—Una vez maté a una mujer —murmuró inesperadamente De Bourmont, como si hubiese decidido de pronto confesarse en voz alta. Sus compañeros lo miraron, sorprendidos.

—¿Tú? —preguntó Frederic, incrédulo—. ¡Estás de broma, Michel!

De Bourmont negó con la cabeza.

—Hablo en serio —dijo entornando los ojos como si le costase recordar—. Fue en Madrid, el día dos de mayo, en una de las callejuelas que hay entre la Puerta del Sol y el Palacio Real. Philippo se acordará bien de aquella jornada, porque también andaba por ahí...

—¡Vaya si la recuerdo! —confirmó el aludido—. ¡Estuve a punto de perder la piel veinte veces aquel día!

—Los madrileños se habían amotinado —continuó De Bourmont— y atacaban a nuestras tropas con lo que tenían a mano: pistolas, fusiles, esas navajas españolas largas... Había una barahúnda espantosa por toda la ciudad. Desde las ventanas nos descerrajaban tiros, echaban tejas y macetas, hasta muebles. Yo estaba de camino con un despacho para el duque de Berg cuando me sorprendió el tumulto. Unos chicuelos empezaron a apedrearme, y casi me derriban del caballo. Los espanté con facilidad y troté hacia la Plaza Mayor para dar un rodeo, pero allí, sin saber cómo, me vi atrapado entre el populacho. Era una veintena de hombres y mujeres, y por lo visto unos mamelucos acababan de matar a alguien a quien llevaban en brazos, chorreando sangre por la calle. Al verme se abalanzaron como fieras, blandiendo palos y navajas. Las mujeres eran las peores, gritaban como arpías y se agarraban a las riendas y a mis piernas, intentando derribarme del caballo…

Frederic escuchaba con atención, pendiente de su amigo. De Bourmont hablaba despacio, casi monótonamente, deteniéndose a veces como si se esforzara en ordenar los recuerdos.

—Desenvainé el sable —prosiguió— y en ese momento recibí un navajazo en el muslo. El caballo se encabritó y por poco me tira de espaldas, con lo que habría sido hombre muerto en pocos instantes. Tengo que reconocer que yo estaba espantado. Una cosa es enfrentarse al enemigo, y otra muy distinta a una turba enloquecida y vociferante… El caso es que piqué espuelas para abrirme paso, mientras atizaba mandobles a diestro y siniestro. En ese momento, una mujer a la que apenas vi el rostro, pero de la que recuerdo su toquilla negra y sus gritos, se agarró al bocado de mi caballo como si le fuese la vida en impedir que me largara de allí. Yo estaba aturdido por los golpes y el dolor del navajazo en el muslo y empezaba a perder la cabeza. Mi montura arrancó, sacándome de entre la gente, pero aquella mujer seguía agarrada, no me soltaba… Entonces le di un sablazo en el cuello y cayó bajo las patas del animal, echando sangre por las narices y la boca.

Frederic y Philippo, intrigados, aguardaron la continuación de la historia. Pero De Bourmont había terminado. Se quedó en silencio, contemplando las nubes con el cigarro humeante entre los dedos.

—A lo mejor también se llamaba Lola —añadió al cabo de un rato.

Y se echó a reír con una mueca amarga.

4

La escaramuza

Un jinete solitario apareció cabalgando por el este y remontó la pendiente del cerro donde estaba instalada la plana mayor del Regimiento. Desde la orilla del riachuelo, Frederic vio recortarse la silueta de hombre y caballo, siguiéndola con la vista hasta que llegó a la cima.

—Ése es un batidor del coronel Letac —aventuró Philippo, que se había incorporado para ver mejor—. Seguro que dentro de poco estamos a caballo.

—Ya iba siendo hora —murmuró Frederic, con un brillo de esperanza en los ojos.

—Lo digo yo —sentenció Philippo mientras volvía a tumbarse silbando entre dientes *Me gusta la cebolla frita con aceite*, un aire de cierta opereta de moda que había sido adoptado por las bandas de música militar.

De Bourmont, que tenía los brazos cruzados tras la nuca y ni siquiera había abierto los ojos, hizo una mueca de fastidio.

—Por la sangre de Cristo, Philippo, no me importune con tonadas de vodevil. Su historia de la cebolla es de pésimo gusto, y además suena horrible.

El aludido miró a su compañero, visiblemente vejado.

—Perdone, mi querido amigo, pero esa melodía que parece detestar tanto es una de las más alegres que interpretan nuestras bandas de música. Y además ayuda a desfilar maravillosamente.

De Bourmont parecía albergar reservas al respecto.

—Es chabacana —alegó con desdén—. Se ve que los quinientos músicos formados por David Buhl en la escuela de Versalles aprendieron a tocar la trompeta, pero no a escoger la música con espíritu selectivo. *Me gusta la cebolla frita...* ¡Bah! Sencillamente ridículo.

—Pues a mí me agrada —protestó Philippo—. ¿Acaso prefiere usted los viejos aires realistas?

—Tenían cierto encanto —respondió De Bourmont con frialdad, abriendo los ojos y mirando directamente a los de Philippo, que tras unos tensos instantes optó por desviar la mirada. Frederic resolvió intervenir.

—Yo prefiero los viejos aires republicanos —aventuró.

—Yo también —dijo De Bourmont—. Al menos no nacieron entre decorados y candilejas, ni fueron canturreados por tonadilleras pintarrajeadas y actores bufos.

—Pues al Emperador no le gustan las melodías republicanas —insistió Philippo—. Dice que están demasiado manchadas de sangre francesa, y prefiere que sus soldados marchen al son de música alegre como ésta. Precisamente esa que tanto le desagrada a usted, Bourmont, es una de sus favoritas.

—Lo sé. Pero que Napoleón sea un rayo de la guerra no significa que su genio se extienda al campo de la música. Es evidente que por ese lado presenta ciertas lagunas.

Philippo se retorció el bigote, airado.

—Oiga, Bourmont. A veces me revienta, ¿sabe?

—Puede pedirme satisfacción cuando guste —respondió De Bourmont con absoluta calma—. Estoy a su disposición.

—¡*Cazzo di Dio!*

Frederic creyó llegado el momento de mediar otra vez.

—Bueno, ya está bien —terció, conciliador—. Podemos reservarnos para los españoles.

Philippo abrió la boca para añadir algo, rojo de cólera, pero sorprendió un guiño furtivo que De Bourmont le hizo a Frederic. Entonces se echó a reír, desvanecida al instante su ira.

—Por la *sporca Madonna*, Bourmont, que un día tendré que liarme con usted a sablazos. Disfruta sacándome de mis casillas, querido.

—¿A sablazos? ¿Usted y cuántos más?

—¡*Cazzo di Dio!*

—Bueno, ya está bien —intervino otra vez Frederic—. ¿Queda coñac?

De Bourmont alargó su petaca y los tres húsares bebieron en silencio. El teniente Gerard y el subteniente Laffont se acercaban al grupo.

—¿Han visto al batidor? —preguntó Laffont, un bordelés pelirrojo y desgarbado, pero excelente jinete y muy diestro con el sable.

—Sí —asintió Frederic—. Creo que vamos a movernos.

—Parece que el combate principal se va desplazando hacia el centro de nuestra línea —comentó Gerard, un veterano de largas trenzas y piernas arqueadas—. El cobre se bate por allí.

Intercambiaron conjeturas durante un rato. Al cabo todos llegaron a la conclusión de que ninguno de ellos tenía la menor idea de lo que estaba pasando. A su alrededor, esparcidos por la ribera del riachuelo, los húsares conversaban en grupos o permanecían silenciosos junto a los caballos, con la mirada perdida en los cerros. El sol no lograba desgarrar del todo el manto de nubes y el cielo se cerraba otra vez, llenando de sombras amenazadoras el horizonte.

El capitán Dombrowsky bajaba del cerro y parecía tener prisa. Los oficiales corrieron hacia sus monturas mientras un murmullo de expectación recorría el escuadrón. Frederic y De Bourmont recogieron a toda prisa los capotes del suelo y los ataron en las sillas. Para alcanzar su caballo, Philippo tuvo que mojarse las botas.

Dombrowsky ya estaba entre ellos y el trompeta tocaba a formar. Los húsares se alinearon llevando a los caballos de la brida. Frederic se caló el colbac y se mantuvo erguido, sujetando el sable envainado en la mano izquierda, diciéndose que aquella vez la cosa parecía ir en serio. De Bourmont le hizo una seña que expresaba satisfacción. También él opinaba lo mismo.

Cuando llegó el toque de montar, los ciento ocho húsares del escuadrón lo hicieron como un solo hombre. Resultaba curioso comprobar cómo los miembros del Regimiento, tan fieles al indisciplinado estilo de la caballería ligera cuando se hallaban lejos de la acción, se tornaban minuciosos como un mecanismo ante la proximidad de ésta. Precisamente ese espíritu colectivo asumido frente al combate los convertía en una máquina de guerra poderosa, flexible y devastadora.

—¡A mí los oficiales! —gritó Dombrowsky. Los aludidos espolearon los caballos hasta llegar junto a él.

—El escuadrón se divide durante un rato —explicó el capitán, mirándolos con sus ojos de hielo—. La Primera Compañía escoltará a un batallón del Octavo Ligero hasta que éste tome posición para entrar en fuego frente a la aldea situada al otro lado de los cerros. La misión del Octavo es tomar la aldea y desalojar de ella al enemigo, pero eso no es de nuestra incumbencia. Apenas entre la infantería en posición, nosotros volveremos grupas y nos replegaremos hacia aquella cañada que ven ustedes allí, donde aguardará la Segunda Compañía, montada y lista para entrar en acción en cuanto se la requiera… Posiblemente veamos jinetes a nuestra izquierda, en la linde del bosque. No se preocupen de ellos, porque se trata del Cuarto Escuadrón de nuestro Regimiento, preparado allí para emprender la persecución del enemigo en cuanto éste desaloje la aldea… ¿Entendido? Pues en marcha. Columna por pelotones.

Frederic ocupó su puesto, esta vez exactamente en el centro de la formación compuesta por cuatro filas de doce hombres cada una. Arrancaron al paso y pronto estuvieron trotando por los olivares de color ceniza. El teniente Maugny, que también bajaba del cerro para hacerse cargo de la compañía que se dirigía a la cañada, se cruzó con ellos y saludó a Dombrowsky, que devolvió el gesto con una leve inclinación de cabeza. Salvaron sin dificultad un muro de piedra y remontaron una pequeña loma, distinguiendo a la derecha, en la cima del cerro principal, el águila del Regimiento que ondeaba entre un grupo de oficiales.

No se oían disparos al frente, y sólo el cañón y la fusilería sonaban lejanos, siempre a la derecha de la ruta que seguían. Frederic imaginó que por allí debía de estarse peleando duro, y experimentó cierta decepción al comprobar que ellos cabalgaban hacia el silencio, y ni siquiera para combatir. Tan sólo una rutinaria misión de escolta.

Por fin, dejando atrás las últimas lomas, los húsares tuvieron ante sus ojos el campo de batalla. Se extendía entre el bosque de la izquierda y unas montañas lejanas, formando un valle de cinco o seis leguas de anchura. Había dos o tres aldeas que parecían rodeadas por nubes bajas, como niebla. Era por allí donde retumbaba el cañón, y al cabo de un rato Frederic comprendió que lo que inicialmente tomó por nubes bajas no era otra cosa que la humareda del combate.

Algo más cerca, a cosa de una legua, las manchas azules de un par de regimientos franceses divididos en batallones permanecían inmóviles en línea, diseminadas por los campos. De vez en cuando brotaba de las filas la neblina de las descargas de fusilería; quedaba suspendida en el aire y luego se deshacía lentamente en jirones que flotaban sobre el valle. Enfrente, punteadas por los breves fogonazos de la artillería, las descargas españolas hacían brotar humaredas idénticas que ocultaban el horizonte, fundiéndose con el manto plomizo de las nubes bajas. El cielo encapotado y el humo de la pólvora parecían aliarse para ocultar el sol.

Era cerca del mediodía cuando los húsares establecieron contacto con el Octavo Ligero. Los infantes, uniforme azul y correaje blanco cruzado sobre el pecho, levantaron los chacós en la punta de los mosquetones para vitorear a la caballería que iba a escoltarlos hacia el lugar del combate. A Frederic le llamó la atención la extrema juventud de los soldados, muy común en el ejército de España, rostros casi de niños enmarcados por los barboquejos de cobre. Llevaban las livianas mochilas a la espalda, las bayonetas en las fundas y tenían aspecto fatigado. Los dos batallones que integraban el Regimiento mantenían la formación de marcha, pero los soldados estaban a discreción, sentados en el suelo. Sin duda se encontraban cansados por una marcha forzada que acababa de concluir, porque no tenían aspecto de haber entrado todavía en combate. Los oficiales permanecían de pie en el centro de cada batallón, con los cornetas y tambores. El jefe del Regimiento, un coronel, estaba a caballo junto a la bandera coronada por el águila.

Dombrowsky distribuyó la compañía por pelotones en los flancos del Octavo Ligero. Al de Frederic le fue asignado un puesto junto a la cabeza de la columna, ligeramente adelantado. Sonaron las cornetas y un par de tambores se pusieron a dar redobles. Los hombres se levantaron del suelo y echaron a andar.

Frederic mantuvo a *Noirot* al paso, con las riendas sueltas. Llevaba las manos apoyadas en el pomo de la silla y vigilaba atento el camino a seguir. De vez en cuando volvía el rostro para observar a los cazadores, que caminaban a su lado arrastrando los pies sobre la tierra húmeda y tropezando con las piedras y los arbustos. También ellos lo miraban a él, y en los ojos de los jóvenes infantes se transparentaba una abierta envidia, a veces un nada disimulado rencor. Frederic intentó ponerse en el lugar de aquellos soldados que recorrían Europa a pie, con barro hasta los tobillos o bajo el otras veces despiadado sol de España, infantería de suelas agujereadas y pantorrillas endurecidas por marchas agotadoras e interminables. Para ellos, el oficial de húsares, que no gastaba las botas y viajaba a lomos de un hermoso caballo, enfundado en elegante uniforme de un prestigioso regimiento, constituía sin duda un irritante contraste que los enfrentaba con mayor crudeza a su triste realidad de carne de cañón informe y anónima, siempre azuzada por las voces de los malhumorados sargentos, mal vestida y peor alimentada. Y ellos, los de a pie, los del Octavo Ligero, tenían que enfrentarse al trabajo duro, para que después, hecha la tarea principal, los relucientes húsares a caballo diesen un par de toques aquí y allá, persiguiendo al enemigo que otros habían puesto en fuga y quedándose con la mejor parcela de gloria. El mundo estaba mal repartido, y en el ejército francés mucho más.

Estas y otras reflexiones se hacía Frederic sobre los hombres a quienes escoltaba hacia lo que podía ser la muerte, la mutilación, posiblemente la victoria, aunque el joven subteniente imaginaba que la victoria debía de traerles sin cuidado a los mutilados y a los muertos. Al menos quedaba la gloria; pero desde la altura en que lo situaban su caballo, su uniforme y sus galones, Frederic estaba convencido de que el concepto que de la gloria podían tener esos soldados que marchaban a pie, mosquetón al hombro, difería considerablemente del suyo.

La gloria. La palabra volvía una y otra vez a su mente, casi afloraba a sus labios. Le gustaba el sonido de aquellas seis letras. Había algo épico, incluso trascendente en ellas.

Frederic sabía que el hombre, desde tiempo inmemorial, había luchado con sus semejantes por conceptos a menudo materiales e inmediatos: comida, mujeres, odio, amor, riqueza, poder... Incluso simplemente porque se le ordenaba, y el miedo al castigo, hecho curioso, se sobreponía con frecuencia al miedo a la muerte que podía aguardar agazapada en la guerra. Muchas veces se había preguntado por qué soldados de sentimientos groseros, poco confortados por motivaciones de índole espiritual, no desertaban en mayor cantidad, o se negaban a acudir al ser llamados a quintas. Para un campesino que no veía más allá de su pequeña tierra, su choza y la comida indispensable para mantener a su familia, acudir a tierras lejanas a defender intereses de monarcas no menos lejanos debía de constituir una empresa estéril, absurda, en la que nada había por ganar y mucho que perder, incluyendo el bien más preciado: la propia vida.

El caso de Frederic Glüntz, de Estrasburgo, era distinto. Cuando decidió hacerse militar, emprendió ese camino movido por un impulso elevado, generoso. En la carrera de las armas buscaba la cristalización de un anhelo superior, de un sentimiento que lo arrancaba de las comodidades de la vida burguesa y lo ponía en el camino de la heroicidad, de los sentimientos nobles, del sacrificio supremo. Había entrado en la milicia como quien entra en religión, abrazando su sable como quien abraza una cruz. Y si los sacerdotes o los pastores aspiraban a ganar el cielo, él aspiraba a ganar la gloria: la admiración de sus camaradas, el respeto de sus jefes, la propia estimación a través de experimentar ese bello y desinteresado sentimiento de vivir con la conciencia de que era dulce y hermoso pelear, sufrir y quizá morir por una idea. La Idea. Eso era precisamente lo que diferenciaba al hombre que se elevaba por encima de lo material de todos aquellos otros, la mayoría, que vivían prisioneros de lo palpable y lo inmediato.

Deseó que sus padres y Claire Zimmerman pudieran verlo ahora, erguido sobre la silla de montar al frente de su pelotón, escoltando a hombres camino del combate en el que pronto participaría directamente. La larga vela de armas estaba próxima a concluir. Deseó que los seres queridos pudieran ser testigos de su valor sereno, de su forma de moverse a través del campo de batalla, del gesto impávido con que permanecía atento al camino, listo para actuar en caso de que apareciesen jinetes o infantes enemigos, velando por esos jóvenes reclutas confiados al cuidado de los hombres bajo su mando.

Partieron varios tiros de un bosquecillo de pinos próximo, y un húsar del pelotón soltó un quejido ronco, desplomándose de la silla. Frederic se sobresaltó y tiró bruscamente del freno a *Noirot*, que rebrincó y se levantó de manos, estando a punto de desarzonar al jinete. Aturdido, Frederic vio cómo las filas de cazadores que marchaban a su derecha se agitaban mientras todo el mundo se ponía a gritar a la vez.

—¡Guerrilleros! ¡Guerrilleros!

Sonaron más disparos, esta vez procedentes de la columna, y sólo entonces Frederic miró hacia el pinar, donde se deshacía la humareda de la descarga enemiga.

La mente se le había quedado en blanco. A su alrededor, los húsares del pelotón hacían caracolear a los caballos, a fin de ofrecer un blanco más difícil a los tiradores enemigos, y todos lo miraban como si estuviera en su mano solucionar la situación. Mientras intentaba averiguar qué era lo que se esperaba de él, se volvió desconcertado hacia Dombrowsky, que cabalgaba muy atrás, y vio cómo éste le hacía enérgicos gestos señalando el bosquecillo.

Luego era eso. La sangre le afluyó de golpe al rostro; la sintió batir con fuerza en las sienes. Dirigió a *Noirot* hacia el pinar, espoleándolo sin detenerse a comprobar si los húsares de su pelotón lo seguían o no. Mientras acortaba velozmente la distancia que lo separaba de los árboles, se pasó las riendas a la mano izquierda y desenvainó el sable, agitándolo sobre su cabeza mientras lanzaba, con toda la fuerza de sus pulmones, un grito de pelea. Su cerebro era un velo rojo que ofuscaba cualquier pensamiento. Instintivamente encogió el cuerpo, inclinándose sobre el cuello del caballo como si esperase recibir de un momento a otro el impacto del plomo que lo derribaría a tierra con el pecho destrozado. Quizá fuera mejor así. En algún remoto rincón de su mente, donde todavía conservaba un ápice de conciencia, lo aguijoneaba la vergüenza de haberse dejado sorprender. Sintió una furia inmensa ante lo que consideraba una deshonra, y anheló con toda el alma encontrar en su camino un ser humano al que poder tajarle la cabeza hasta los dientes.

Ya casi estaba en los pinos. *Noirot* dio un salto para sortear un tronco caído, y las ramas de verdes agujas azotaron el rostro del jinete. Con el corazón batiéndole furiosamente, casi ahogado por la cólera, distinguió unas sombras que corrían entre los árboles. Clavó otra vez las espuelas en los flancos de *Noirot* y se lanzó en su persecución, aullando de nuevo el grito de combate. Inmediatamente dio alcance a uno de los fugitivos; acertó a distinguir una casaca parda, un mosquetón entre las manos y un rostro aterrado que se volvió con los ojos cuajados de pavor para mirar de soslayo a la Muerte que se precipitaba sobre él a lomos de un caballo espumeante, al extremo de un brazo alzado para golpear, en la hoja de un sable que ya descendía como un relámpago, en letal destello.

Frederic golpeó al paso, sin detenerse. Sintió que el sable encontraba en su camino algo duro y elástico a la vez, y el cuerpo del guerrillero chocó primero contra su pierna derecha y después contra la grupa del caballo. Vio a otro hombre correr algo más allá, entre los árboles. Mientras espoleaba a *Noirot*, el fugitivo se arrojó de cabeza por una pendiente, desapareciendo de su vista. Frederic sorteó como pudo las ramas que pasaban como exhalaciones junto a su cabeza y obligó al caballo a deslizarse cuesta abajo sobre los cuartos traseros, en pos del que huía. Al llegar abajo miró a su alrededor, sin ver a nadie.

Tiró de la brida mientras intentaba averiguar por dónde se había ido el guerrillero, y en ese momento un hombre salió de unos arbustos y le descerrajó un tiro de pistola casi a bocajarro. Frederic, que instintivamente había encabritado el caballo al ver el arma, sintió pasar el disparo a sólo unas pulgadas de su cabeza mientras el humo de la pólvora lo envolvía por unos instantes. A ciegas, levantó el sable y echó a *Noirot* sobre el agresor, que retrocedió de un salto y se puso a correr. Aún no se había alejado cuatro varas cuando un húsar a caballo salió de entre los pinos, pasó junto al guerrillero y le cercenó la cabeza limpiamente, de un solo tajo. El cuerpo mutilado, arrojando sangre a borbotones, dio todavía un par de pasos antes de chocar contra el tronco de un árbol con las manos extendidas, como si intentara protegerse del golpe. Después, en una irreal escena que se fue tiñendo de rojo, Frederic vio cómo el cuerpo decapitado caía de espaldas sobre la tierra alfombrada de agujas de pino secas.

El húsar, un joven de trenzas negras y largo mostacho, limpiaba la hoja del sable en la grupa de su propio caballo. Frederic buscó con la mirada la cabeza del guerrillero, pero no la encontró. Había caído entre los arbustos.

Frederic se sentía exhausto, como si un escuadrón de coraceros le hubiera pasado galopando por encima. Los húsares se llamaban unos a otros entre los árboles, y se fueron congregando mientras comentaban animadamente los pormenores de la escaramuza. Cuatro enemigos habían sido alcanzados y muertos; con los húsares no cabía esperar cuartel, y mucho menos tratándose de guerrilleros. Los españoles lo sabían y ni siquiera habían intentado rendirse; fueron acuchillados huyendo o peleando. Uno de los franceses, el húsar de largas patillas que horas antes había acompañado a Frederic en el reconocimiento de la aldea, cabalgaba despacio entre dos compañeros que lo sostenían en la silla. Se agarraba a la crin del caballo, encogido de dolor, con el rostro crispado y mortalmente pálido. Había recibido un navajazo en el vientre.

Frederic todavía estaba aturdido al salir del pinar, y cuando uno de los húsares lo felicitó por el golpe con que alcanzó al primer español —«Un sablazo soberbio, mi subteniente... Lo partió usted por la mitad»—, miró al que le hablaba sin comprender a qué se refería. Sólo pensaba en qué decirle a Dombrowsky cuando éste, con sus ojos fríos como el hielo, le preguntase cómo se había dejado sorprender de forma tan estúpida, distrayéndose en su misión de velar por la seguridad de la columna. Que los atacantes hubieran sido perseguidos y muertos no borraba el hecho de que había tenido lugar una emboscada.

Después, cuando se reunieron con el resto de la columna y vio cómo los soldados de infantería lo rodeaban vitoreándolo, se dio cuenta de que todavía llevaba el sable desnudo en la mano y que éste, su bota derecha y la grupa de *Noirot* estaban manchados con la sangre del guerrillero. Cabalgó hasta Dombrowsky para darle la novedad, y aquél, en lugar de reproches, le dirigió una fugaz sonrisa. Frederic se quedó atónito; Dombrowsky le había sonreído a él. Hasta ese momento no tomó conciencia de que había matado a su primer enemigo en el transcurso de su primer combate. Y entonces se ruborizó de orgullo.

No eran ni siquiera temibles, después de todo. Rosarios y escapularios, los mil y un santos que atiborraban las iglesias de aquel país, el ciego fanatismo y el odio a los herejes extranjeros, se deshacían en un charco de sangre bajo el golpe de un sable bien afilado. Los formidables guerrilleros, aquellos que habían destripado a Juniac, la causa de que en España ningún francés se atreviese a internarse solo por terreno desconocido, se tornaban de pronto en rápida visión de un rostro crispado por el pavor, una cabeza que saltaba del tronco, el sudor y el miedo, la respiración entrecortada en la última carrera que jamás lograría ganar terreno a la muerte que pisaba los talones.

¿Por qué se obstinaban en pelear? Era la de los españoles una lucha sin esperanza, absurda. Frederic no podía concebir que se hubiesen levantado en armas por defender a un príncipe del que no sabían nada, del que ignoraban hasta las facciones, cobarde sin valor ni voluntad, huésped forzoso del Emperador, que había llegado hasta la abyección de renunciar a sus derechos hereditarios, y cuyo servilismo ante el dueño de Europa lo hacía indigno de cualquier lealtad del que ya no era su pueblo. Porque en España había un rey francés, José, antes rey de Nápoles, un Bonaparte a quien el propio príncipe Fernando, desde su exilio de Valençay, había escrito una carta felicitándolo y poniéndose a sus pies bajo juramento. Todo el mundo estaba al corriente de aquello; hasta los propios españoles. Pero éstos se obstinaban en ignorarlo.

Frederic recordaba una conversación mantenida pocas semanas antes, a su paso por Aranjuez, cuando en su calidad de oficial que iba a incorporarse al Regimiento había recibido boleta de alojamiento para la residencia de un noble español, don Álvaro de Vigal. Pasó allí una tarde y una noche, junto al pobre Juniac, en el vetusto caserón cuyo jardín se abría sobre el Tajo. El señor De

Vigal era un anciano de los que en España solían llamar *afrancesados*, mal vistos por buena parte de sus compatriotas a causa de que expresaban en voz alta ideas liberales y no ocultaban su admiración por el proceso de renovación que las ideas de los intelectuales franceses había desatado en Europa. El viejo noble español, que en su juventud había visitado mucho Francia —mencionaba con orgullo la correspondencia que durante algún tiempo mantuvo con Diderot—, poseía una extraordinaria cultura, era conversador ameno e inteligente, y sus canas y ojos fatigados por una vida demasiado larga lo convertían en profundo conocedor de la condición humana. No había tenido hijos, era viudo, y sólo aspiraba a pasar sus últimos años en paz, entre el millar de volúmenes de su biblioteca y las fuentes de piedra que, bajo los árboles, refrescaban su jardín, en cuyos cuidados colaboraba él mismo.

Don Álvaro de Vigal acogió a los dos jóvenes húsares con interés, sin duda porque la presencia de dos oficiales recién llegados de un país extranjero al que amaba venía a romper la monotonía de su soledad. La conversación transcurrió en francés, idioma que el anfitrión hablaba con soltura. Cenaron a la luz de candelabros de plata y luego se dirigieron al pequeño fumador donde un decrépito criado, único sirviente de la casa, les sirvió coñac y cigarros.

Juniac, siempre melancólico —Frederic pensó después que quizá presintiese su próxima y trágica muerte—, permaneció en silencio durante la velada. El peso de la conversación recayó sobre Frederic y el español, especialmente sobre el último, que parecía experimentar un singular placer rememorando sus recuerdos. Conocía Estrasburgo, e intercambió con el joven alsaciano innumerables evocaciones comunes.

Siendo los invitados dos militares, y encontrándose en España, era inevitable que la conversación derivase hacia la guerra. Don Álvaro se interesó por las intenciones de Napoleón de dirigir personalmente la campaña, y expresó su admiración por el genio militar y político del Emperador. Aunque él mismo pertenecía a la antigua nobleza, no tuvo ningún empacho en admitir que las casas reales europeas, incluyendo la española, se hallaban en una decadencia tal que sólo la influencia de las nuevas ideas, de las que Francia era adalid, podía revitalizar el carcomido tronco de las naciones. Era lamentable, sin embargo, que Napoleón no hubiese comprendido todavía que a España no se la podía medir con el mismo patrón que al resto de los países europeos.

Fue en este punto donde Frederic interrumpió al anciano para manifestarle su disconformidad. Habló de la nueva Europa sin fronteras, de la expansión de una misma cultura tendente al progreso, de las ideas nuevas, del Hombre, al que había que devolver la dignidad. España era, añadió, un país prisionero de su pasado, encerrado en sí mismo, oscuro y supersticioso. Sólo las ideas nuevas, la incorporación a un sistema político moderno y europeo podían sacarlo de la cárcel en que lo habían sumido la Inquisición, los curas y los monarcas incapaces.

Don Álvaro escuchó la larga y entusiasta exposición del joven Frederic con atención, el asomo de una sonrisa en los labios y un punto de sabia ironía en los ojos cansados. Cuando el húsar terminó su elocuente discurso

—seguido por el poco locuaz Juniac con aprobadores movimientos de cabeza— y se echó hacia atrás en el sofá con las mejillas enrojecidas por el calor de sus argumentos, el anciano se inclinó hacia él y le palmeó afectuosamente la rodilla.

—Escuche, mi querido joven —dijo con suave entonación, fluyendo su excelente francés entre los escollos de algunas erres—. No pongo en duda que la única personalidad contemporánea vigorosa que puede cambiar Europa se llama Napoleón Bonaparte, aunque debo confesar que en los últimos tiempos me infunde ciertas reservas personales. Lo aplaudí de corazón cuando era cónsul, pero el armiño imperial con el que terminó por revestirse me causa recelo... En fin, ésa no es la cuestión. Quiero referirme a su indudable genio político, que admiro, y es en ese terreno donde deploro la escasa habilidad con que hasta ahora se conducen los asuntos de España...

—¿Escasa habilidad?

—Déjeme continuar, joven impulsivo. He dicho escasa habilidad, sí, y la atribuyo a un desconocimiento, por otra parte comprensible, de la realidad de este país. España es una nación muy vieja, orgullosa y leal a sus mitos, estén justificados o no. Bonaparte está tan acostumbrado a ver arrodillarse a los pueblos, que no puede concebir, y ése es el error de apreciación, que al sur de los Pirineos haya una raza resuelta a no aceptar su voluntad. No porque las ideas que la mueven sean buenas o malas, cuidado, sino simplemente porque intenta aplicarlas sin contar para nada con la opinión de quienes están destinados a recibirlas...

»España no es un conjunto homogéneo, caballeros. Aquí hay, reunidos desde hace siglos, reinos que fueron independientes, que todavía conservan celosamente fueros y antiguos derechos, poblados por gentes a las que tanto la Historia como la tierra sobre la que viven han endurecido, formando un conjunto de gentes de rígida cerviz, belicosas y ásperas, a quienes muchas centurias de guerras internas y ocho de lucha contra el islam hicieron como son. Gentes a las que, además, una religión dura e intransigente ha ido empapando, desde tiempos remotos, en cerril fanatismo.

Se detuvo don Álvaro de Vigal en este punto, como si le faltase el aliento. Afloró a sus marchitos labios una sonrisa triste, mientras con un gesto de la mano surcada de venas azules, además en el que había más de pesimismo bondadoso que de reproche, señaló las paredes del salón, adornadas con objetos ligados a la historia de su familia.

—Todo está ahí —dijo en tono de resignada fatiga, como si se refiriese a algo contra lo que había tratado de luchar toda su vida, siendo derrotado una y otra vez—. Viejas armas cubiertas de óxido, rostros austeros cuyos poseedores son polvo desde hace siglos… ¿Ven esos retratos? No encontrarán en ellos mucho color; la pátina del tiempo no ha hecho sino oscurecer un poco más lo que en origen eran claroscuros… Sombras y pocas luces, quizá las imprescindibles para iluminar esas facciones duras y orgullosas, esos gestos altivos junto a los que, a veces, reluce débilmente un pomo de espada, el esbozo de color de una joya, una cadena de oro, a menudo una fina cruz, la mancha pálida de una gola… No hay sonrisas en esos rostros austeros, mis jóvenes amigos. Incluso sus ropas, negras como la oscuridad que las rodea, se funden con ésta porque son accesorias, no aportan nada específico al carácter de los hombres que posaron para que el pintor extrajera de la paleta, más que su aspecto exterior, el aspecto de sus almas. Todos ellos fueron grandes hombres; escrupulosos y católicos a menudo, disolutos en algunas ocasiones. Ellos, que no inclinaban la cabeza ni ante sus reyes, se humillaban sin embargo ante una hostia consagrada, ante la barba mal afeitada y las manos torpes de cualquier mísero cura de pueblo. Los hubo que murieron peleando por Dios y por sus monarcas en guerras europeas, en las Indias o en el norte de África, batiéndose contra protestantes, anglicanos, berberiscos... Fueron valientes soldados, dignos nobles y leales vasallos. Y todos, excepto los que murieron en lugares trágicos y lejanos, tuvieron a un sacerdote junto al lecho en el momento de entregar su espíritu. Como mi abuelo. Como mi padre... Por ironía del Destino, yo, último vástago de un tronco ya estéril, no tendré a mi lado más que a un viejo y fiel criado. Eso, si es que el buen Lucas no decide jugarme la mala pasada de morirse antes que yo.

El anciano hizo una nueva pausa, contemplando los retratos con melancolía. Después se volvió hacia los dos húsares y sonrió débilmente.

—Si algún día su Emperador me hiciera el honor de, como ustedes, alojarse en mi casa, tendría mucho gusto en mostrarle esta galería de mis antepasados. Quizá entonces comprendiera algunas cosas sobre esta tierra.

Juniac dejaba vagar la mirada por la habitación, con aire aburrido. Pero Frederic se inclinó hacia el viejo noble, interesado.

—Resulta extraño escuchar eso aquí —comentó cortés—. Usted es español, don Álvaro, y sin embargo profesa la religión de las Ideas. Hace un rato ha tenido la amabilidad de mostrarnos su biblioteca… ¿Qué es lo que impide a hombres como usted ser guías del resto de sus compatriotas? Es un hecho histórico probado que las minorías cultas, la élite, gozan de la fuerza suficiente para arrastrar a pueblos enteros, para abrir las ventanas y hacer posible que la luz del sol, la luz de la Razón, aleje los fantasmas que cercan al ser humano, haciendo comprender a éste que no hay fronteras, que los hombres deben progresar de forma colectiva, solidaria.

El anciano aristócrata lo miró con tristeza.

—Escuche, mi querido joven. Una vez, cuando España era dueña del mundo, tuvo un emperador que albergaba el mismo sueño que Bonaparte: una Europa unida. Nacido en el extranjero, en Flandes, llegó a ser tan español que decidió pasar los últimos años de su vida, tras abdicar, en un monasterio de este país, un lugar llamado Yuste. Aquel hombre, quizá el más grande y poderoso de su tiempo, hubo de luchar tanto en el exterior contra la rivalidad de Francia y el germen independentista europeo que se apoyaba en el luteranismo, como contra los fueros y el orgullo nacionalista local de los propios españoles. Fracasó en el primero de los intentos y su hijo Felipe, el hombre enlutado, gris y fanático, echó los cerrojos a España, aislándola del sueño paterno. Curas e Inquisición, ya saben. Los

Pirineos volvieron a ser obstáculo mental, además de geográfico.

»En los últimos tiempos, merced a la moderna expansión de las ideas, España estaba empezando a salir del pozo en que anduvo sumida. Quienes defendemos la necesidad del progreso vimos en la revolución que derribó a los Borbones en Francia una señal de que los tiempos, por fin, comenzaban a cambiar. El creciente peso político de Bonaparte en Europa y la influencia que gracias a ello logró alcanzar Francia en su entorno geográfico, constituían una esperanza… Sin embargo, y es aquí donde surge el problema, el desconocimiento de esta tierra y la escasa habilidad con que sus procónsules han venido actuando, echaron por la borda un prometedor comienzo… Los españoles no son, no somos, gente que se deje salvar a la fuerza. Nos gusta salvarnos nosotros mismos, poco a poco, sin que ello signifique una renuncia a los viejos principios en los que, para bien o para mal, nos han hecho creer durante siglos. Si no ha de ser así, preferimos condenarnos para la eternidad. Jamás las bayonetas impondrán aquí una sola idea.

La alusión a las bayonetas sacó a Juniac de su ensimismamiento. Carraspeó antes de hablar, con el aire satisfecho de quien descubría, por fin, un aspecto de la conversación que le era familiar.

—Pero ahora hay un nuevo rey —dijo con absoluta convicción—. José Bonaparte ha sido reconocido por la corte de Madrid. Y si el ejército español prefiere ser desleal, aquí estamos nosotros para sostenerlo en el trono.

Don Álvaro miró a Juniac, observando detenidamente su limitada expresión de soldado. Después negó lentamente con la cabeza.

—No se engañe. Ha sido reconocido por algunos cortesanos sin escrúpulos y por otros ingenuos que todavía ven en la alianza con Francia el camino de la renovación nacional. Pero todas esas gentes están demasiado lejos del pueblo; son incapaces de ver lo que ocurre bajo sus narices. Echen un vistazo alrededor. Toda España es un brasero, y en cada ciudad las juntas claman por la rebelión. Ustedes los militares franceses han cerrado el camino. No queda más que la guerra y, créanme, será una guerra terrible.

—Una guerra que ganaremos, señor —terció Juniac con desdén que Frederic juzgó incorrecto—. No le quepa la menor duda.

Don Álvaro sonrió con dulzura.

—Creo que no. Creo que no van a ganar, caballeros; y esto se lo dice a ustedes un anciano que admira a Francia, que ya no está en edad de sostener sus palabras en un campo de batalla y que, a pesar de ello, puesto ante la elección, desenfundaría su vieja y enmohecida espada para pelear junto a esos campesinos incultos y fanáticos; para pelear incluso contra las ideas que durante una larga vida ha defendido con calor.

»¿Tan difícil es comprenderlo? Oh, sí, mucho me temo que sea difícil, y prueba de ello es que ni siquiera el propio Bonaparte, en su genialidad, ha sabido comprender. El dos de mayo, en Madrid, ustedes abrieron un foso entre ambos pueblos; un foso de sangre en el que se hundieron las esperanzas de muchas gentes como yo. Me han contado que, cuando Bonaparte recibió el informe de Murat sobre aquella horrible jornada, comentó: "Bah, ya se calmarán…". Y ése es el error, mis jóvenes amigos. No, no se calmarán nunca. Ustedes, los franceses, han redactado para España una excelente Constitución, que hasta hace poco hubiera sido la materialización perfecta de antiguas aspiraciones de muchos como yo. Pero también han saqueado Córdoba, han violado a mujeres españolas, han fusilado sacerdotes... Hieren, con sus actos y su presencia, justo en lo más vivo de este pueblo estúpido, testarudo y, a la par, entrañable. Ya sólo queda la guerra, y esa guerra se hace en nombre de un imbécil medio tarado que se llama Fernando, pero que, por una u otra razón, se ha convertido en símbolo de resistencia. Es una tragedia.

—Pero usted es un hombre inteligente, don Álvaro —insistió Frederic—. Hay otros como usted en España; muchos. ¿Acaso es tan difícil hacer ver a sus compatriotas la realidad?

El señor De Vigal agitó la blanca cabeza.

—Para mi pueblo, la realidad es lo inmediato. La miseria, el hambre, las injusticias, la religión, dejan poco lugar a las ideas. Y lo inmediato es que un ejército extranjero se pasea por la tierra donde están las iglesias, las tumbas de los antepasados y también las tumbas de miles de enemigos. Quien pretenda explicar a los españoles que hay algo más que eso, se convierte en un traidor.

—Pero usted, don Álvaro, es un patriota. Nadie puede negar eso.

El español miró fijamente a Frederic y después torció la boca en un gesto de amargura.

—Pues lo niegan. Yo soy un afrancesado, ¿saben? Ése es el peor insulto que ahora se lanza por aquí. Y quizá un día vengan a mi casa, a sacarme a rastras como han hecho ya con algunos viejos y buenos amigos.

Frederic estaba sinceramente escandalizado.

—Nunca se atreverán —protestó.

—Craso error, amigo mío. El odio es un móvil poderoso, y en este país puede haber muchas cosas confusas, pero dos son diáfanas como la luz del día: los españoles sabemos morir y sabemos odiar como nadie. Tenga la seguridad de que, un día u otro, mis compatriotas vendrán a por mí. Lo curioso es que cuando analizo a fondo la cuestión, no soy capaz de culparlos por ello.

—Es terrible —comentó Frederic, indignado.

Don Álvaro lo miró con genuina sorpresa.

—¿Terrible? ¿Por qué ha de ser terrible? Usted se equivoca, joven. No, no, nada de eso. Simplemente es España. Para entenderlo, habría que nacer aquí.

El Octavo Ligero ya estaba a menos de media legua de la aldea que constituía su objetivo. Frederic cabalgaba al paso, junto a la cabeza de la columna azul, atento al menor indicio de presencia enemiga. Su ánimo se había serenado tras la escaramuza del bosquecillo. De vez en cuando se miraba la bota derecha, manchada por la sangre seca del guerrillero al que había dado muerte. No había en aquella costra parda nada que pudiese relacionar con don Álvaro de Vigal; la sensación era más próxima a la que se debía de sentir al acuchillar a un animal peligroso.

Avanzaban campo a través, sofocados los reclutas por la intensa marcha. La aldea, cada vez más cercana, era mezquina y gris, con algunas casas blancas. Varios disparos llegaron desde un roquedal próximo y pasaron zumbando bajo, casi al límite de su alcance, hundiéndose en la tierra húmeda. Michel de Bourmont adelantó a Frederic, galopando a la cabeza de su pelotón, para desplegarse en tiradores al frente de la columna. El joven vio alejarse a su amigo mientras la infantería apretaba el paso. Los oficiales del Octavo, sable en mano, azuzaban a sus hombres hasta conseguir que avanzaran a paso ligero, con el mosquetón en vilo y enrojecidos los rostros por el esfuerzo.

Un último rayo de sol brilló en el horizonte antes de desaparecer tras el cada vez más espeso manto de nubes. Nuevos disparos llegaron desde el roquedal y la aldea. A la izquierda, algo retrasados y en la linde del bosque, se distinguían algunos jinetes del Cuarto Escuadrón, que tomaban posiciones para emprender la persecución cuando el enemigo fuese desalojado.

Uno de los dos batallones del Octavo se detuvo, descansando los hombres sobre las armas, mientras el otro proseguía su avance. El fuego de fusilería de los españoles se hizo más intenso y algunos infantes cayeron al suelo entre las filas. De Bourmont y sus húsares se replegaron sobre el flanco izquierdo mientras los tiradores a pie se desplegaban a su vez en vanguardia, continuando el fuego de hostigamiento contra las posiciones enemigas.

Frederic observaba maniobrar a las compañías del batallón sin perder de vista el roquedal y la aldea. Los reclutas ocupaban sus puestos a la carrera mientras los oficiales gritaban órdenes sin cesar, en constante ir y venir entre la formación. El enemigo estaba casi al alcance de la mano; los infantes se detuvieron, recortados contra el horizonte, de pie entre los campos que hacía meses nadie sembraba, con la culata del mosquetón apoyada en el suelo. Frederic tiró de las riendas de *Noirot* y volvió grupas, retrocediendo con su pelotón. Pasó a diez o doce varas de una compañía de cazadores cuyo capitán, que hurgaba en el suelo entre sus botas con la punta del sable, respondió distraídamente al saludo de buena suerte que le hacían los húsares. Los soldados miraban al frente con aire absorto y grave, las relucientes bayonetas les rozaban la visera del chacó. Sonó una corneta y el tambor se puso a redoblar. El oficial del sable pareció despertar de un sueño, se volvió hacia sus hombres y gritó una orden. Los soldados se pasaron la lengua por los labios, respiraron hondo, levantaron los mosquetones y se pusieron en marcha.

Frederic se detuvo un momento y, en pie sobre los estribos, echó un vistazo sobre la grupa. El batallón avanzaba imperturbable hacia la aldea, de la que brotó una descarga cerrada. Las filas azules se agitaron unos instantes, se estrecharon de nuevo y siguieron acortando la distancia al paso; después se detuvieron y dispararon a su vez. Una humareda de pólvora comenzó a formarse entre ellas y el objetivo. Cuando el tambor cambió el ritmo de su redoble y los infantes avanzaron de nuevo, el terreno a su espalda fue quedando sembrado de uniformes azules tendidos en tierra. Después el humo ocultó la escena, el fragor de fusilería se extendió por todas partes, y de la neblina oscura llegó el griterío de los hombres que se lanzaban al asalto.

5

La batalla

El escuadrón se congregó de nuevo en una cañada que discurría entre cerros punteados de olivos, teniendo a la vista la altura donde estaba situada la plana mayor del Regimiento. En el horizonte, bajo el pesado cúmulo de nubes, el cañón seguía tronando y el estrépito de fusilería procedente de la aldea recién atacada llegaba nítido y cercano.

Hombres y caballos descansaban a discreción. Frederic se quitó el colbac y lo colgó por el barboquejo en el pomo de la silla. Revisó las herraduras de *Noirot* y después bebió unos cortos tragos de la cantimplora de campaña. Se encontraba relajado, en excelente forma física. Llevó su caballo hasta una roca grande y plana y se sentó en ella, estirando las piernas. A escasa distancia, un grupo de húsares discutía los pormenores de la batalla. Durante un rato escuchó sus comentarios, consistentes en las habituales especulaciones sobre los planes del Mando y el signo favorable o desfavorable que, a su limitado juicio, adoptaba el curso de los acontecimientos. Aburrido, dejó de prestarles atención, se recostó sobre la roca y cerró los ojos.

La imagen de Claire Zimmerman pasó fugazmente ante él, entre los recuerdos de la jornada que estaba viviendo, y no sin esfuerzo logró retenerla. Las notas musicales volvieron a sonar, lejanas, en sus oídos. Ante él se inclinaba un delicado rostro de niña desde el que dos grandes ojos azules lo contemplaban con tímida admiración. Había un gran candelabro dando tonos de oro a dos bucles dorados en las sienes de la muchacha. Frederic había mirado con deleite el fino y blanco cuello, la piel tersa que, interrumpida su conmovedora naturalidad por una cinta de terciopelo azul en torno a la garganta, descendía, fresca y arrebatadoramente atractiva, hacia el escote del vestido azul.

El abanico, desplegado con gracia, había ocultado el rubor de la niña cuando sus miradas se encontraron por primera vez; pero los ojos azules sostuvieron el inocente duelo un par de segundos más de lo establecido por las normas sociales al uso. Aquello bastó para despertar en el joven húsar un sentimiento de intensa ternura. Se volvió a contemplarla momentos después, en el transcurso de una conversación banal con un grupo de invitados, y cuando comprobó que la mirada de la joven salía de nuevo a su encuentro, apartándose de inmediato con excesiva prontitud, ya no fue capaz de seguir el hilo de la charla, limitándose a asentir con aire distraído cuando alguien hacía una pausa en espera de su aprobación. Poco después, Frederic aprovechó unos instantes frente al gran espejo que reflejaba a su espalda las luces del salón, la orquesta y los invitados, para ajustarse con disimulo el dormán y comprobar que la elegante pelliza escarlata de dorados cordones colgaba de forma correcta, marcialmente airosa, de su hombro izquierdo. Entonces fue al encuentro de la dueña de la casa, la señora

Zimmerman, y con circunspecta corrección le rogó el honor de ser presentado a su hija.

La distancia hasta el lugar, junto a la gran ventana emplomada, donde Claire Zimmerman se encontraba en compañía de sus dos primas, se le antojó al joven subteniente excesivamente larga. Ella lo vio acercarse acompañado por su madre, e inmediatamente desvió la mirada hacia el jardín, como si algo en el exterior atrajese su atención. Dos jóvenes estrasburgueses amigos de la familia, que hacían la corte a las tres primas, se apartaron unos pasos con el ceño fruncido, mirando de soslayo el vistoso uniforme que, otorgándole abrumadora ventaja, cubría la apuesta figura de su rival.

—Claire, Anne, Magda... Tengo el placer de presentaros al subteniente Frederic Glüntz, hijo del señor Walter Glüntz, gran amigo del señor Zimmerman. Frederic, mi hija Claire y mis sobrinas Anne y Magda...

Frederic se inclinó devotamente, haciendo chocar los talones de sus relucientes botas. Apenas se fijó en Anne y Magda un instante más de lo que la cortesía reclamaba durante la presentación. Los ojos azules se miraban nuevamente en los suyos, y él los encontraba tan dulces, tan hermosos y tan próximos que sintió una extraña embriaguez.

Tras una breve conversación de circunstancias, la señora Zimmerman fue reclamada por sus ocupaciones de anfitriona. Los dos jóvenes paisanos se mantenían alejados, y las primas —Frederic sólo retuvo de ellas una risa estúpida y un cutis martirizado por el acné— lo cercaron materialmente con preguntas de todo tipo sobre el ejército, la caballería, Napoleón y la guerra. Cuando Frederic les confirmó que se disponía a unirse a las tropas destacadas en España, las primas palmotearon emocionadas. Pero el joven húsar sólo atendía en aquel momento, con absoluta concentración de todo su ser, a la apenada e inquieta sonrisa que aleteó en los labios de Claire Zimmerman.

—España está demasiado lejos —dijo ella, e inmediatamente Frederic la amó por eso.

—¿Teme a la muerte un oficial de caballería? —interrogó con morbosa ansiedad la prima Magda.

—No —respondió Frederic sin dejar de mirar a Claire—. Pero hay momentos cuyo recuerdo puede convertir el hecho de morir, la imposibilidad de revivirlos, en algo extremadamente penoso.

Aquella vez, el abanico se alzó de nuevo para velar el rubor, pero no pudo ocultar la emocionada humedad que inundó los ojos azules.

—¿Volveremos a tenerle entre nosotros cuando regrese de España? —preguntó ella, recobrando la serenidad.

La prima Anne apoyó la idea con entusiasmo.

—Tiene que prometer que volverá a visitarnos, subteniente Glüntz. Estamos seguras de que tendrá muchas cosas interesantes que contar, ¿verdad? Diga que lo promete.

Las manos de Claire, con delicadas venillas transparentándose bajo la tersa y blanca piel, jugueteaban inquietas con el abanico. Frederic se inclinó ligeramente.

—Volveré a verlas —prometió con espontáneo arrebato— aunque tenga que abrirme paso a sablazos desde la misma puerta del Infierno.

Las dos primas cloquearon, escandalizadas por el impetuoso fervor del joven húsar. Pero cuando Frederic, pendiente de los ojos azules, los vio humedecerse de nuevo, supo que Claire Zimmerman no albergaba duda alguna sobre el motivo de su promesa.

La llegada de Michel de Bourmont hizo desvanecerse los recuerdos. Frederic parpadeó y volvió a ver el cielo gris, escuchando el fragor de la fusilería y el retumbar del cañón. Aquello era España, y el momento de regresar a Estrasburgo quedaba demasiado lejos.

—¿Dormías? —le preguntó De Bourmont sentándose a su lado sobre la piedra plana. Traía las botas y los pantalones manchados de barro.

Frederic negó con la cabeza.

—Intentaba recordar —dijo con un gesto mediante el que pretendía quitar importancia a esos recuerdos—. Pero hoy resulta difícil concentrarse en nada que no sea esto. Las imágenes van y vienen, cuesta retenerlas. Debe de ser la excitación lógica en una batalla.

—¿Eran recuerdos agradables? —preguntó De Bourmont.

—Muy agradables —suspiró Frederic.

De Bourmont señaló sobre los cerros, hacia la dirección en que sonaba el ruido del combate.

—¿Más que esto?

Frederic se echó a reír.

—Nada es mejor que esto, Michel.

—Pienso lo mismo. Y traigo buenas noticias, hermano mío. Si las cosas no cambian de cariz, tendremos acción muy pronto.

—¿Has oído algo?

De Bourmont se acarició las guías del bigote.

—Dicen que el Octavo Ligero ha tomado por fin la aldea, a la bayoneta, después de haber sido rechazado tres veces. Ahora nosotros estamos dentro y el enemigo fuera, pero el Octavo va a tener problemas para mantener su frente. Los españoles están concentrándose al otro lado y traen algunas piezas de artillería. Dombrowsky ha dicho hace un momento que es muy probable que dentro de un rato tengamos que intervenir para debilitar sus formaciones. Por lo visto, el general Darnand tiene prisa por solucionar la situación en nuestro flanco.

—¿Cargaremos nosotros?

—Eso parece; somos los más próximos. Precisamente Dombrowsky comentaba que el escuadrón está en buena posición para moverse.

Frederic se incorporó para echar un vistazo a *Noirot*, y en aquel momento sus ojos encontraron de nuevo la costra de sangre parda que manchaba su bota derecha. Sangre ajena. Con repugnancia, intentó desprenderla rascando con las uñas.

—Un trofeo macabro —comentó De Bourmont al ver el gesto de su amigo—. Pero también el trofeo del valor; estuviste bien en la escaramuza. ¿Sabes una cosa? Cuando te vi picar espuelas y lanzarte al galope, sable en mano, ciego como un toro, pensé que era la última vez que te veía con vida; pero me sentí orgulloso de ser tu camarada… ¿Cómo fue? Porque todavía no hemos tenido tiempo de hablar de ello.

Frederic se encogió de hombros.

—No ocurrió nada de lo que deba enorgullecerme especialmente —dijo con honestidad—. La verdad es que no recuerdo muy bien. Hubo disparos, uno de mis húsares se fue al suelo, me quedé unos instantes sin saber qué hacer, y de pronto me enfurecí. Odié como nunca en mi vida. A partir de ese momento sólo recuerdo la cabalgada, las ramas de pino que me golpeaban, el desgraciado que corría como un gamo volviéndose a mirarme con terror... A través del velo rojo que me ofuscó el pensamiento recuerdo también que descargué un sablazo, que alguien quiso pegarme un tiro... También había un cuerpo sin cabeza que siguió corriendo hasta tropezar con un árbol.

De Bourmont escuchaba atento, asintiendo de vez en cuando.

—Sí; así es como suele ocurrir —dijo por fin—. Una carga debe de ser algo parecido, pero con la diferencia de que la enajenación será colectiva. Al menos eso cuentan los veteranos.

—Lo vamos a saber pronto.

—Sí. Lo vamos a saber.

Frederic apoyó una mano en la empuñadura del sable.

—¿Sabes, Michel? He descubierto que la guerra es un poco de acción y un mucho, demasiado, de espera. A uno lo hacen levantarse de madrugada, lo llevan de acá para allá, lo pasean por un campo de batalla sin que pueda averiguar si los suyos están ganando o perdiendo... Hay escaramuzas, tedio, cansancio. Pero nadie puede garantizar que, cuando todo termine, tu aportación al resultado final haya sido valiosa o no. Incluso hay montones de soldados que asisten a una batalla y no llegan a pegar un tiro, a dar un sablazo. Es injusto, ¿verdad?

—No creo que sea injusto. Hay soldados y hay jefes. Los jefes tienen otros jefes. Y sólo estos últimos saben.

—¿Crees que *saben* realmente, Michel? Conocemos casos en los que un general o un coronel incompetentes cometieron errores, llevando al desastre a las unidades que mandaban... Unidades, dicho sea de paso, que a veces eran excelentes. ¿No es injusto eso también?

De Bourmont miró a su amigo con curiosidad.

—Es posible. Pero así son las cosas en la guerra.

—Ya lo sé. Sin embargo, ocurre que esas unidades están compuestas por hombres como tú y como yo; por seres humanos. La responsabilidad de quien tiene poder para tomar decisiones de las que depende la vida de cien, doscientos o diez mil hombres, es enorme. Yo no estaría tranquilo, ni tan seguro de mí mismo como parecen estarlo Letac, Darnand y los demás.

—Ellos saben lo que hacen —De Bourmont parecía inquietarse por el giro que tomaba la conversación—. A ti y a mí nos queda todavía un buen trecho antes de acceder a tales responsabilidades. No veo motivo alguno para que eso deba preocuparnos.

—Ya. Pensaba en ello, nada más. Olvida lo que he dicho.

De Bourmont observó detenidamente a Frederic.

—Nunca te habían quitado el sueño esos asuntos.

—Tampoco ahora —protestó el joven, quizá con excesiva precipitación—. Lo único que pasa es que, cuando uno piensa en una batalla que no ha visto jamás, tiene en la cabeza ideas preconcebidas que luego, en contacto con la realidad, resultan equivocadas, o inexactas...

Supongo que eso me ocurre a mí. Estoy bien, te lo aseguro. Me excita la situación, ese bramido próximo del combate, la perspectiva de pelear junto a los compañeros, junto a ti. Tocar con los dedos la gloria, batirme por el honor de Francia y por el del Regimiento. Por mi propio honor… Lo que pasa es que hoy, con tantas idas y venidas cuya razón desconocemos o sólo podemos intuir, creo haber comprendido que en la guerra nosotros sólo somos peones sin iniciativa, a los que se utiliza y de los que se prescinde según la necesidad del momento. ¿Comprendes lo que quiero decir?

—Perfectamente. Pero cuando galopaste hacia el bosquecillo en busca de los guerrilleros, la iniciativa era tuya, Frederic.

—Exacto. Y eso sí me gusta. En la acción, cuando ésta llega por fin, la iniciativa termina siendo siempre de uno mismo. Es la espera, son los preliminares y los intermedios lo que me fastidia. No me gustan, Michel.

—Ni a ti ni a nadie.

Sonaron unos cañonazos cercanos, al otro lado de los cerros, y los caballos empinaron las orejas, cabeceando con inquietud. Algunos húsares veteranos se miraban unos a otros con aire de entendidos y observaban con ojo crítico las lomas tras las que retumbaba el combate próximo. Los tenientes Philippo y Gerard se acercaron sobre sus monturas, con las bridas flojas.

—¡Esto se calienta, amigos míos! —les gritó alegremente Philippo mientras acariciaba la crin de su caballo—. ¡Que me ahorquen si antes de un rato no iremos cabalgando recto hacia los españoles! ¿Cómo están esos sables?

—Bien, gracias —respondió De Bourmont—. Creo que las palabras exactas son: sedientos de sangre.

—¡Así hablan los húsares! —coreó Philippo, a quien la inminencia de la acción no parecía mermar en un ápice su habitual fanfarronería—. ¿Y ese sable, Glüntz? ¿También sediento de sangre?

—Más que el suyo —respondió sonriendo el joven.

Philippo soltó una jovial carcajada.

—¿He oído bien? —preguntó, señalando la costra de sangre que manchaba la bota de Frederic—. ¡Estos alsacianos son incorregibles! Empiezan a degollar y ya no hay quien los pare… ¡Deje algún español para los amigos, jovencito!

Una peculiar tensión se iba extendiendo entre los grupos dispersos de los hombres que integraban el escuadrón, como si el presentimiento de que la hora suprema se acercaba comenzase a calar hondo en los húsares. Las conversaciones se tornaban cortas y espaciadas, a cada momento había más hombres silenciosos, y todas las miradas convergían en la suave pendiente que, remontando la cañada, subía entre los cerros para descender al otro lado, sobre el invisible campo de batalla.

Frederic vio atraída su atención por un viejo húsar solitario que había a poca distancia. Montaba un inmóvil caballo tordo, sobre el pomo de cuya silla se apoyaba con el codo izquierdo, ligeramente encorvado hacia adelante, pensativo, con la mirada perdida en el infinito. No sólo el aspecto del húsar, mostacho, coleta y trenzas salpicadas de canas, una cicatriz perpendicular en la mejilla, paralela al barboquejo, delataba al veterano. Los arneses de su caballo eran viejos pero estaban cuidadosamente engrasados, la piel de carnero que cubría la silla de montar se veía pelada por el uso bajo los muslos del jinete. El húsar tenía una mano bajo el mentón, con el índice pasando una y otra vez, distraídamente, por las guías del frondoso mostacho. La otra mano se apoyaba en la culata de la carabina que asomaba de la funda sujeta a la silla; y al costado izquierdo, sobre el portapliegos y las ceñidas perneras de los pantalones húngaros que le cubrían las botas hasta el tobillo, pendía un viejo sable curvo de caballería, el ya casi desaparecido modelo de 1786. La visera del chacó rojo —el colbac de piel negra era privilegio exclusivo de los oficiales— descendía sobre una nariz aguileña y fuerte, como la de un halcón. Tenía la piel del rostro tostada y unos ojos tranquilos en torno a los que se agolpaban innumerables arrugas. En cada oreja llevaba un aro de oro.

Frederic se preguntó sobre la edad del veterano: cuarenta y cinco, cincuenta años. Resultaba evidente que no era ésta su primera batalla. Había en él esa inmovilidad serena, esa economía de movimientos superfluos, ese abstraído aislamiento del hombre que sabía con lo que iba a enfrentarse. No parecía un húsar que esperase, impaciente, conquistar otra parcela de gloria; más bien daba la impresión de ser un profesional que se concentraba antes de pasar un mal rato, con la calma del que había salido de muchos trances similares con la piel indemne y sólo esperaba, revestido con el resignado fatalismo de quien conocía lo inevitable, que el trabajo por el cual le pagaban pudiera hacerse en poco tiempo, con rapidez y la mayor limpieza posible, encontrándose al terminar éste sobre la misma silla de montar, en un estado de salud similar al que gozaba en aquel momento.

Frederic comparó la silenciosa e inmóvil figura con los gestos meridionales y el aire fanfarrón de Philippo, incluso con la juvenil confianza de Michel de Bourmont, que de pronto comenzaba a antojársele injustificada. Y sintió la incómoda sospecha de que, entre todos ellos, posiblemente el viejo húsar fuese el único que tenía razón.

La corneta tocó llamada para oficiales. Frederic se levantó de un salto, ajustándose el dormán, mientras De Bourmont echaba a correr en busca de su caballo. Philippo y Gerard se alejaban ya al trote, yendo al encuentro del comandante Berret y el capitán Dombrowsky, que bajaban del cerro cabalgando como diablos ladera abajo, hacia la cañada en la que aguardaba el escuadrón.

Frederic se caló el colbac, puso pie en el estribo y se izó a lomos de *Noirot*. Sin esperar órdenes, los sargentos azuzaban a los húsares que se alineaban con sus monturas en formación de marcha, movidos por súbita actividad. El cielo plomizo comenzaba a destilar de nuevo una fina llovizna.

—¡Ya está, Frederic! ¡Nos toca a nosotros!

De Bourmont se hallaba otra vez a su lado, refrenando la cabalgadura que piafaba presintiendo la acción. Los dos amigos galoparon hacia el estandarte del escuadrón, que el subteniente Blondois mantenía desplegado, con el extremo inferior del asta encajado en el estribo, junto a Berret y los demás oficiales. Todos estaban allí, expresiones graves, rostros atentos a las instrucciones del jefe de escuadrón, gorros de piel de oso, uniformes azules de abigarradas pecheras cubiertas de cordones dorados... La flor y la nata de la caballería ligera del Emperador, los líderes del Primer Escuadrón del 4.º Regimiento de Húsares a caballo: el capitán Dombrowsky, los tenientes Maugny, Philippo y Gerard, los subtenientes Laffont, Blondois, De Bourmont y el propio Frederic... Los hombres que, en pocos instantes, iban a conducir al centenar de húsares bajo su mando hacia la gloria o hacia el desastre.

Berret los miró a todos con su único ojo. Frederic nunca lo había visto tan arrogante, tan formidable.

—Hay tres batallones de infantería españoles a poco más de una legua de aquí, desplegados frente al Octavo Ligero. Nuestra infantería tiene dificultades para mantener su línea, por lo que se nos ha encomendado la misión de cargar sobre el enemigo y dispersar sus formaciones. Dos escuadrones del Regimiento quedan en reserva, tocándonos a nosotros y al Segundo el honor de entrar en fuego... ¿Alguna pregunta? Bien. Entonces sólo me queda desearles buena suerte a todos. Ocupemos nuestros puestos.

Frederic parpadeó, desconcertado. ¿Eso era todo? Ninguna frase escogida, ningún gesto de aliento que infundiese entusiasmo entre los hombres que iban a pelear por Francia. No es que el joven esperase un discurso patriótico, pero siempre había pensado que, antes del combate, un jefe debía arengar a sus tropas con la elocuencia apropiada para insuflar en los espíritus débiles el sagrado fuego del deber. Se sentía decepcionado. Berret dejaba pasar de largo la ocasión de pronunciar, quizá, la hermosa frase que merecería después figurar en los libros de

Historia, y en cambio se había limitado a mencionar, como puro trámite, adónde iban y para qué. Seguro que el coronel Letac, a quien por cierto no habían visto en toda la jornada, habría sabido escoger las palabras apropiadas antes de enviar a los hombres bajo su mando a un lugar del que algunos no regresarían.

La corneta tocó formación por pelotones. Berret, con una mano en las riendas y la otra apoyada con indolencia en la cadera, ganó al trote la cabeza del escuadrón seguido de cerca por el portaestandarte Blondois y el trompeta mayor. El capitán Dombrowsky se volvió hacia el resto, mirándolos con sus helados ojos grises.

—Ya han oído, caballeros.

No había nada más que decir. El escuadrón estaba listo para la marcha, en la formación denominada por pelotones: ocho filas de doce hombres, flanqueados por los suboficiales, formando una columna de quince varas de frente por unas setenta de larga. Dombrowsky se alejó en pos del comandante Berret. Frederic se volvió hacia De Bourmont, que le tendía la mano por encima de la grupa de su caballo. Observó la franca mirada de su amigo, la alentadora sonrisa bajo el fino bigote rubio, enmarcada por la negra piel del colbac y el dorado barboquejo de cobre, las dos trenzas rubias, la mandíbula cuadrada, y pensó en ese momento que Michel de Bourmont era demasiado hermoso para morir. Sin duda el Destino lo guiaría sano y salvo entre los enemigos, poniendo alas en los cascos de su caballo, llevándolo de vuelta a la vida tras el combate que se avecinaba.

—Vamos a vivir y a vencer, hermano mío —le dijo De Bourmont, como si hubiera adivinado sus pensamientos.

Si su amigo lo afirmaba con semejante convicción, era imposible que las cosas ocurrieran de otro modo. Frederic abrió la boca para decir algo, pero sintió un nudo en la garganta que le impedía articular palabra alguna. Sus mejillas enrojecieron mientras se quitaba el guante y apretaba con calor la mano del camarada.

Entonces sonó la corneta, y el Primer Escuadrón del 4.º de Húsares se puso en marcha hacia la gloria.

La llovizna seguía cayendo sobre hombres y animales cuando el escuadrón remontó al paso la pendiente. Detrás de Berret, Dombrowsky y el estandarte, el teniente Philippo cabalgaba al frente de la Primera Compañía. Tras la segunda fila avanzaba Frederic cerrando la marcha de su pelotón, seguido por De Bourmont, que precedía al suyo. Dos filas de húsares más atrás iba el teniente Maugny al frente de la Segunda Compañía, en cuyo centro marchaban Laffont y Gerard. La formación, reglamentaria al pie de la letra, era tan perfecta como si, en lugar de dirigirse al combate, el escuadrón estuviese desfilando ante los ojos del mismo Emperador.

El centenar de jinetes serpenteó entre los cerros moteados de olivos. A medida que el retumbar de la batalla se iba haciendo próximo, las conversaciones se extinguían hasta desaparecer por completo. Los húsares cabalgaban ahora en silencio, balanceándose sobre sus monturas con el rostro grave y la mirada perdida en la espalda de los hombres que los precedían.

En la tierra húmeda volvían a formarse pequeños charcos que reflejaban el cielo color de plomo. Frederic iba con las dos manos apoyadas en el pomo de la silla, sosteniendo las bridas entre los dedos. Su mente estaba despierta y serena, aunque el cada vez más cercano fragor del cañón y las descargas de fusilería resonaban en su pecho, sobreponiéndose a los latidos del corazón, como si la batalla se estuviese librando en su interior.

No lograba quitarse de la cabeza un pensamiento que iba y venía sin nunca desaparecer del todo. Durante la conversación mantenida momentos antes con Michel de Bourmont, le había asaltado de pronto una idea que se guardó muy bien de expresar en voz alta. Una vez, cuando era niño, Frederic cogió un puñado de soldaditos de plomo y los echó a la chimenea, observando cómo el fuego derretía el metal hasta convertirlo en gotas de metal fundido. Y durante la conversación sobre la responsabilidad de los jefes que —había dicho Frederic— enviaban a miles de hombres a la muerte quizá por un mero error de cálculo, por afán de gloria, emulación u otros motivos más oscuros, al joven se le había ocurrido el más apropiado símil para describir una batalla: dos generales que cogían a puñados los soldaditos de carne y hueso y los echaban a la hoguera para contemplar después cómo el fuego los consumía. Compañías, batallones, regimientos enteros, podían correr la misma suerte. Todo estaba en función —y esto fue lo que horrorizó a Frederic al caer en la cuenta— del antojo de un par de hombres a los que un rey o un emperador concedían el derecho de hacerlo así, en nombre de una costumbre ancestral que nadie osaba discutir. Frederic no se había atrevido a comentarlo con su amigo, temeroso de lo que De Bourmont hubiera podido pensar de tales manifestaciones.

Incluso ya le había dirigido una mirada extraña cuando Frederic ponía en tela de juicio la cordura de la organización militar. De Bourmont era un hombre sólido, un soldado nato, un valiente y un caballero. Y Frederic pensó, con amargura, que quizá las insólitas sensaciones que en las últimas horas lo atormentaban a él fuesen indicios de una oculta cobardía que ahora afloraba, indigna en alguien que vestía el uniforme de húsar.

Hizo un violento esfuerzo, casi físico, por barrer de su mente tan vergonzosos pensamientos. Respiró hondo y contempló los olivares cenicientos que bordeaban el camino que seguía el escuadrón. Sintió entre sus muslos los flancos del fiel *Noirot*, miró furtivamente los rostros imperturbables de los hombres que cabalgaban a su alrededor, y deseó con toda el alma poseer la misma tranquilidad de espíritu que ellos. Al fin y al cabo, se dijo, todo consistía en mantener las ideas extrañas bien ocultas, erguir la cabeza y adoptar una expresión impasible hasta que, llegado el momento, hubiera que desenvainar el sable y cabalgar hacia el enemigo. Llegado ese instante supremo no habría problema alguno: *Noirot* lo llevaría hasta un lugar donde, luchando por la propia vida, no quedaría lugar para inquietantes desvaríos.

El escuadrón llegó a la vista del campo de batalla, cuyo panorama ya conocía Frederic desde que su compañía tuvo que escoltar al Octavo Ligero. En el valle se distinguían las aldeas y el pueblecito blanco en la distancia, aunque ahora la neblina de pólvora suspendida en el aire era mucho más abundante. El bosque de la izquierda estaba medio oculto por la humareda del combate, y los relámpagos de las descargas de fusilería zigzagueaban por todas partes. La tierra era gris, el humo gris y el cielo gris, y entre esa cortina que difuminaba el paisaje se movían lentamente masas de hombres, manchas azules, pardas y verdes, que se extendían en líneas, se agrupaban en cuadros o se deshacían bajo los fogonazos de la artillería de uno y otro bando, cuyos proyectiles cruzaban sobre el valle rasgando el aire húmedo con ronco bramido.

Junto a la tapia destrozada de una granja, un grupo de heridos franceses se extendía en desorden por el suelo, en inquietante exhibición de lo que el plomo y el acero podían desgarrar, quebrar, mutilar el cuerpo humano. Algunos hombres estaban inmóviles, tendidos de costado o boca arriba, con miserables vendajes envolviendo sus heridas. Bajo un cobertizo formado por una lona y algunas tablas extendidas sobre dos carros, un par de cirujanos cosían, vendaban y amputaban sin descanso. Del grupo se elevaba un sordo rumor, un gemido doliente y colectivo cuya monotonía se quebraba de vez en cuando por el alarido de un hombre. Al pasar junto a ellos, Frederic se fijó en un soldado joven, sin chacó ni fusil, que caminaba a lo largo de la tapia sin rumbo fijo, soltando carcajadas ante la indiferencia de sus compañeros. No tenía ninguna herida visible, y tras la máscara de su rostro ennegrecido por la pólvora brillaban dos ojos encendidos como carbones. La mirada de un loco.

El comandante Berret ordenó ponerse al trote para alejar pronto al escuadrón de la dramática escena. El suelo estaba roturado en todas direcciones por rodadas de carros y armones de artillería, hollado por innumerables cascos de caballos. Un grupo de soldados de infantería de línea en retirada, con los petos blancos y las polainas manchadas de barro, se cruzó con ellos en el camino. Los infantes marchaban con visible fatiga, terciados los mosquetones a la espalda, las caras tiznadas de humo. Era evidente que habían combatido, y que las cosas no andaban del todo bien. Al final de la fila, dos soldados ayudaban a caminar a un tercero que cojeaba dolorosamente, con el muslo izquierdo envuelto en un vendaje hecho con su propia camisa. Algo más lejos, el escuadrón pasó junto a una docena de heridos que marchaban por su propio pie hacia el hospital de campaña que los húsares habían dejado atrás. Algunos se servían de los mosquetones a modo de muletas, y los tres últimos de la fila marchaban con las manos apoyadas en la espalda del soldado que los precedía; llevaban los ojos cubiertos por apósitos sangrantes y tropezaban con las piedras del camino.

—Ésos ya tienen bastante —comentó un húsar—. Son buenos chicos, y se retiran para reservarnos algo de plomo a nosotros.

Nadie hizo coro a la chanza.

La guerra.

Había un olivar del que pendían dos españoles, colgados de las ramas más altas. Había granjas que humeaban a lo lejos, caballos muertos, uniformes verdes, pardos y azules de cadáveres diseminados por todas partes. Había un cañón volcado, la boca hundida en el barro, con un clavo en el orificio de fuego, inutilizado sin duda por el enemigo antes de abandonarlo. Había un soldado francés tendido boca arriba a un lado del camino, con los ojos muy abiertos, el cabello húmedo y las manos engarfiadas, cuyas entrañas se le desparramaban sobre los muslos inertes. Había un herido sentado en una piedra, con el capote sobre los hombros y la mirada ausente, que negaba con la cabeza a un compañero que, de pie a su lado, parecía querer convencerlo para que prosiguiera camino hacia el hospital. Había un caballo ensillado y sin jinete que mordisqueaba la hierba entre sus patas delanteras, y que cuando algún soldado se acercaba intentando cogerlo por la brida, levantaba la cabeza y se alejaba con un trote corto y despectivo, como si deseara que lo mantuviesen al margen de esa historia.

El universo aparecía a ojos de Frederic más sombrío que nunca en aquella jornada, bajo el cielo encapotado que seguía destilando humedad, en aquel valle de donde el bramido del cañón había alejado las aves, dejando sólo a los hombres que se mataban con saña. Por un momento quiso imaginar que todo habría sido diferente si, en lugar de aquella gris bóveda, de la lluvia y el barro que comenzaba a formarse bajo las patas de *Noirot*, la tierra hubiera estado seca, el cielo azul, y el sol luciese en lo alto. Pero tal idea sólo pudo sostenerse un instante en su cabeza; ni siquiera un luminoso día de la más radiante primavera podría suavizar el horror de las imágenes que iban jalonando el camino de Frederic hacia la gloria.

El terreno se hizo más llano, los árboles comenzaron a escasear y el escuadrón se puso al trote. El comandante Berret cabalgaba impávido junto al estandarte, flanqueado por Dombrowsky y por el trompeta mayor. Durante un trecho recorrieron el mismo camino que había seguido Frederic escoltando al Octavo Ligero hacia la aldea, y el joven húsar tuvo ocasión de divisar el bosquecillo de pinos donde había matado al guerrillero. Antes de llegar a su altura torcieron a la derecha, y la atención de Frederic se desvió hacia la mancha azul del Segundo Escuadrón, que se acercaba rápidamente para unirse a ellos en el ataque. Ahora había soldados por todas partes, en apretadas columnas, y el estrépito de fusilería resonaba por doquier. Sin embargo, todavía no estaban a la vista del enemigo.

Los dos escuadrones se agruparon tras una loma, sin mezclarse uno con otro. El Segundo permaneció a unas setenta varas de distancia, y Frederic admiró el compacto conjunto de sus filas, la perfecta formación previa al despliegue que los conduciría al combate. Los caballos piafaban inquietos, cabeceaban mordiendo el bocado, hurgaban la tierra con los cascos. Habían sido entrenados para aquel momento, y su instinto les decía que llegaba la hora suprema.

Berret, Dombrowsky y dos jefes del otro escuadrón subieron a la loma para divisar con claridad el área de ataque. El resto quedó inmóvil manteniendo la formación, ojos y oídos atentos a la señal de avance. Frederic retiró los paños encerados que cubrían sus pistolas y se inclinó sobre los flancos de *Noirot* para comprobar la cincha y los estribos. Miró a De Bourmont, pero éste se hallaba pendiente de lo que hacían Berret y los otros.

—¡A ver si arrancamos de una vez! —murmuró entre dientes un húsar próximo a Frederic, y el joven estuvo a punto de expresar en voz alta su aprobación al comentario. Había que salir ya, terminar con tanto paseo, con tanta dilación. Sentía en su interior todos los nervios tensos, como si estuviesen anudados unos con otros, y un ingrato hormigueo le recorría el estómago. Era preciso atacar de una vez, terminar con la incertidumbre, afrontar cara a cara aquello, fuera lo que fuese, que aguardaba al otro lado de la loma. ¿A qué diablos esperaba Berret? Si seguían allí, sin duda el enemigo acabaría descubriéndolos, caería sobre ellos o se alejaría; quizá adoptase medidas defensivas que, por ignorancia, tal vez no había dispuesto aún. ¿A qué estaban esperando?

La sangre empezó a batir con fuerza en sus sienes, el corazón saltaba como si quisiera salírsele del pecho; Frederic estaba seguro de que los húsares próximos podían escuchar sus latidos. La llovizna seguía cayendo, empapándole hombros y muslos, y algunos regueros de agua le chorreaban ya sobre la nariz y la nuca. Por Dios. Por Dios. Se estaban empapando allí, quietos como estatuas, encima de los caballos, mientras al imbécil de Berret se le ocurría perder el tiempo en reconocimientos. ¿Acaso no estaba claro? Ellos estaban a un lado de la loma; el enemigo, al otro. Todo era muy sencillo, no hacía falta calentarse la cabeza. Bastaba con dar la orden de avance, remontar la ladera y descender la pendiente al galope, cayendo como diablos sobre aquella chusma de campesinos y desertores. ¿Es que no había nadie que le hiciera comprender eso al comandante?

La imagen de Claire Zimmerman volvió a pasar un instante frente a sus ojos, y la apartó irritado. Al diablo. Al diablo la señorita Zimmerman, al diablo Estrasburgo, al diablo todos. Al diablo Michel de Bourmont, que estaba allí como un pasmarote, mirando estúpidamente hacia la cima, calándose hasta los huesos, sin preguntar a gritos por qué infiernos no salían ya al galope. Al diablo Philippo, el fanfarrón, ahora callado como un muerto, mirando también en la misma dirección con la boca ridículamente entreabierta. ¿Es que se habían vuelto todos unos cobardes? Al otro lado había tres batallones de infantería enemiga; a este lado, dos escuadrones de húsares. Dos centenares de jinetes contra mil quinientos infantes. ¿Y qué? No iban a atacar a los tres batallones de golpe. Primero sería uno, luego los otros… Además, había dos escuadrones en reserva. Y el Octavo Ligero estaba también en algún lugar al otro lado, allí donde sonaban las descargas, esperando que la caballería echase una mano… ¿Por qué maldita razón no cargaban de una vez?

Cuando vio a Berret y Dombrowsky volverse hacia ellos, a Blondois agitar el estandarte, al trompeta mayor llevarse a los labios la corneta, y escuchó brotar del cobre la metálica llamada de guerra, el corazón de Frederic se detuvo un instante y después se precipitó en alocada carrera. Su «¡Viva el Emperador!» se fundió con el de doscientas gargantas que aullaron enardecidas mientras los dos escuadrones empezaban a remontar la loma. Desenvainó el sable y lo apoyó sobre la clavícula derecha, irguió la frente y espoleó a *Noirot* hacia aquel lugar en el que no tendría otros amigos que Dios, su sable y su caballo.

6

La carga

A medida que remontaban la loma, Frederic fue alcanzando a divisar el que iba a ser escenario del ataque. Primero fue la densa humareda suspendida entre cielo y tierra; luego columnas de humo negro que ascendían verticales, casi inmóviles, como congeladas por la llovizna. Después pudo distinguir entre la neblina, lejanas, algunas de las montañas que cerraban el valle al otro lado, hacia el horizonte. Ya casi en la cima pudo abarcar los campos a derecha e izquierda, el bosque, la aldea envuelta en llamas, irreconocible con los tejados ardiendo furiosamente, las pavesas que se alzaban al cielo impulsadas por el calor, y que luego se disolvían en el aire o caían de nuevo a tierra, sobre los campos negros de barro y cenizas.

Uno de los batallones del Octavo Ligero estaba al pie mismo de la loma, y era evidente que lo había pasado mal. Sus compañías habían retrocedido, y el terreno que se extendía ante ellas estaba sembrado de inmóviles uniformes azules tendidos en tierra. Exhaustos, los soldados vendaban sus heridas, limpiaban los mosquetones. Eran los mismos hombres a los que Frederic había escoltado hacia la aldea, conquistada a la bayoneta y evacuada después ante el feroz contraataque enemigo.

Ahora tenían los uniformes manchados de fango, los rostros ahumados por la pólvora, la mirada perdida de los soldados sometidos a dura prueba. Con su repliegue, el centro del combate en aquel flanco se había desplazado hacia la derecha, allí donde el otro batallón del Regimiento, algo más avanzado y apoyándose en los muros acribillados de una granja medio derruida, escupía descargas de fusilería contra las compactas filas enemigas, que parecían avanzar lenta e implacablemente entre el humo de sus propios disparos, como si nada fuera capaz de detenerlas.

Las cornetas de los dos escuadrones de húsares tocaron, casi al mismo tiempo, a formar en orden de batalla. Las primeras líneas de uniformes verdes y pardos estaban cerca, a media legua de distancia, apenas visibles entre la neblina de pólvora quemada. Cuando vieron aparecer a los húsares iniciaron un movimiento de contracción sobre sí mismas, pasando de la línea al cuadro, única formación defensiva eficaz frente a un ataque de caballería. En lo alto de la loma, el comandante Berret no perdía el tiempo; apartó un momento la vista de las filas enemigas, comprobó que el escuadrón estaba listo para el avance, sacó el sable de la vaina y apuntó hacia el cuadro enemigo más próximo.

—¡Primer Escuadrón del 4.º de Húsares! ¡Al paso!

Los jinetes, ahora alineados en dos compactas filas de cincuenta hombres cada una, espolearon a sus caballos iniciando el descenso por la suave pendiente. A su derecha, el comandante del otro escuadrón, con movimientos casi idénticos a los de Berret, señalaba con su sable hacia un cuadro enemigo algo más alejado.

De algún lugar al otro lado de las filas españolas llegó el ronquido de las balas y las granadas de la artillería enemiga, que se enterraban con un chasquido en la tierra húmeda antes de reventar en un cono invertido de barro y metralla. Frederic cabalgaba delante de la primera fila, llevando a la izquierda a Philippo y a la derecha a De Bourmont. El comandante Berret iba frente al estandarte, con el trompeta mayor pegado a su grupa. Dombrowsky había ocupado su puesto en el otro extremo de la fila; si Berret caía, él sería quien tomase su lugar a la cabeza del escuadrón. Si también Dombrowsky quedaba fuera de combate, el mando sería cubierto por Maugny, Philippo, y así sucesivamente, por orden de antigüedad, hasta llegar al propio Frederic.

—¡Primer Escuadrón…! ¡Al trote!

Los caballos forzaron la marcha, ajustando los jinetes el movimiento del cuerpo al ritmo de las cabalgaduras. Frederic, con el sable apoyado en el hombro y las riendas en la mano izquierda, miraba de reojo a un lado y a otro para mantener su puesto en la formación, lo que le impedía mirar al frente cuanto hubiera deseado. El cuadro verde hacia el que se dirigían se veía más próximo entre los remolinos de humo de pólvora; empezaba a dejar de ser una masa informe para revestirse de sus auténticos rasgos: compactas filas de hombres formando un cuadro erizado de bayonetas por todos sus flancos.

Los dos escuadrones dejaron atrás la loma, pasando junto al maltrecho batallón de infantería. Los soldados levantaron los chacós en la punta de los fusiles, vitoreando a los húsares, e inmediatamente recobraron la formación y, empujados por sus oficiales, empezaron a avanzar tras ellos, internándose otra vez por el terreno que habían debido abandonar ante el empuje enemigo, marchando otra vez hacia adelante a través de los campos salpicados de camaradas muertos.

El otro escuadrón fue alejándose del de Frederic, pues su objetivo era una formación enemiga distinta, un cuadro de casacas pardas que se hallaba a unas cuatrocientas varas de aquel contra el que se dirigían los jinetes de Berret. Un par de balas de cañón pasaron aullando y reventaron hacia la izquierda, sin causar daños. Algunos tiros de fusil llegaban zumbando sin fuerza, al límite de su alcance, y se enterraban con un chasquido en el suelo húmedo.

Berret levantó el sable y la corneta tocó alto. El escuadrón recorrió todavía un trecho y se detuvo, las dos filas perfectamente alineadas, mientras los húsares refrenaban sus monturas tirando con fuerza de las bridas. A menos de doscientas varas, entre los torbellinos de humo, se distinguía perfectamente el cuadro enemigo, rodilla en tierra la fila exterior, en pie la segunda, ambas con los mosquetones apuntando hacia el escuadrón ahora inmóvil.

Berret agitó el sable sobre su cabeza. Repitiendo la maniobra centenares de veces ensayada en los ejercicios, los oficiales retrocedieron hasta colocarse a los flancos mientras los húsares sacaban las carabinas de sus fundas de arzón.

—¡Primera Compañía...! ¡Apunten!

En ese momento llegó la descarga enemiga. Frederic, en el flanco izquierdo de la formación, encogió la cabeza cuando vio el rosario de fogonazos recorrer las filas españolas. Las balas zumbaron por todas partes, dando con algunos húsares en tierra. Un par de caballos se desplomaron también, agitando las patas en el aire.

Imperturbable, muy erguido en su montura, Berret miraba hacia la formación española.

—¡Primera Compañía!... ¡Fuego!

Los caballos se sobresaltaron cuando partió la descarga, cuya humareda veló la vista del enemigo. Dos húsares heridos se arrastraban por el suelo, esquivando las patas de los animales, intentando colocarse a la espalda del escuadrón. No querían verse pisoteados en la inminente arrancada.

Berret apareció entre la humareda, con su único ojo echando chispas y el sable en alto.

—¡Oficiales, a sus puestos...! ¡Primer Escuadrón del 4.º de Húsares...! ¡Al paso!

Frederic espoleó a *Noirot* mientras introducía la muñeca en el lazo formado por el cordón de la empuñadura del sable; las manos le temblaban, pero él sabía que no era a causa del miedo. Respiró hondo varias veces y apretó los dientes; se sentía flotar en un extraño sueño.

Las dos filas arrancaron compactas, internándose en la humareda.

—¡Primer Escuadrón...! —la voz de Berret ya sonaba ronca—. ¡Al trote!

El sonido de los cascos de los caballos sobre la tierra se fue acompasando, con un retumbar que crecía en intensidad al acelerar los animales su cadencia. Frederic dejó colgar el sable de su muñeca derecha, empuñó una pistola con esa misma mano y mantuvo con firmeza las riendas en la izquierda. El olor de la pólvora quemada le inundaba los pulmones, sumiéndolo en un estado próximo a la borrachera. Respiraba excitación por los poros, tenía la mente en blanco y sus cinco sentidos se concentraban, con tesón animal, en que sus ojos penetraran la humareda para distinguir al enemigo que esperaba al otro lado, cada vez más cerca.

El escuadrón dejó atrás los últimos jirones de neblina gris, y ante él apareció de nuevo el cuadro español. Había muchos uniformes verdes tendidos en tierra, alrededor de las filas exteriores. Los hombres de la primera línea, arrodillados, cargaban a toda prisa sus armas, empujando con las baquetas. La segunda línea, la que estaba en pie, apuntaba. Frederic tuvo por un instante la impresión de que todos los mosquetones se dirigían hacia él.

—¡Primer Escuadrón…! ¡Al galope!

La segunda descarga enemiga partió a cien varas. Los fogonazos brotaron inquietamente próximos y esta vez Frederic pudo sentir que el plomo pasaba muy cerca, a escasas pulgadas de su cuerpo crispado por la tensión. A la espalda, por encima del batir de los cascos del escuadrón, pudo escuchar el relincho de animales alcanzados y gritos de furia de los jinetes. La formación comenzaba a disgregarse; algunos húsares se adelantaban a derecha e izquierda. Una granada estalló tan cerca que sintió el calor del metal al rojo que silbaba en el aire. El caballo de Philippo, un isabelo de crin amarilla, pasó por delante de él galopando enloquecido, sin jinete. El comandante Berret seguía a la cabeza del escuadrón, apuntando el sable contra el enemigo del que ya se podían distinguir los rostros.

El estrépito de los cascos batiendo la tierra, la furiosa galopada de *Noirot*, el poderoso resuello del animal, los pulmones de Frederic ardiendo por el acre olor de la pólvora, el sudor que empezaba a cubrir el cuello de la montura, las mandíbulas del jinete apretadas, la llovizna que continuaba cayendo, el agua que chorreaba del colbac hacia la nuca… Ya no había punto de retorno. El mundo se reducía a una enloquecida cabalgada, al ansia de barrer de la faz de la tierra aquellos odiosos uniformes verdes, aquellos chacós de plumas rojas que formaban un muro vivo, erizado de fusiles y bayonetas. Sesenta, cincuenta varas. La línea de hombres arrodillados ya levantaba de nuevo sus mosquetones, mientras la segunda, la que estaba en pie, mordía los cartuchos y los empujaba a toda prisa por los cañones humeantes.

La corneta aulló el terrible toque de carga, la orden de atacar a discreción, y cien gargantas gritaron «¡Viva el Emperador!» en clamor salvaje que se alzó a lo largo del escuadrón, ahogando el temblor de tierra bajo las patas de los caballos. Frederic espoleaba a *Noirot* hasta arrancarle sangre de los flancos; gesto innecesario, pues el caballo ya no respondía a la presión de las riendas. Avanzaba como una flecha, tendido el cuello y desorbitados los ojos, el bocado lleno de espuma, tan ofuscado como su jinete. Ya eran varias las monturas que galopaban con la silla vacía, sueltas las bridas, entre las filas compactas pero cada vez más desordenadas del escuadrón. Treinta varas.

Todo el universo estaba concentrado para Frederic en recorrer la última distancia antes de que los mosquetones que apuntaban escupiesen su rosario de muerte.

Con el sable colgando del cordón de la muñeca, la hoja golpeándole el muslo y la pistola bien sujeta en la mano crispada, tensó todavía más los músculos, dispuesto a recibir en pleno rostro la descarga que ya era inevitable. Como en un sueño irreal vio que la segunda fila del cuadro enemigo alzaba los fusiles en desorden, que algunos españoles arrojaban las baquetas sin terminar de cargar, que otros apuntaban con ella todavía dentro del cañón, paralela a la reluciente bayoneta. Diez varas.

Vio el rostro de un oficial de uniforme verde gritando una orden cuyo sonido quedó ahogado por el fragor de la carga. Disparó su pistola contra el oficial, la metió en la funda y empuñó el sable, afirmándose cuanto pudo en la silla. Entonces la línea de hombres arrodillados hizo fuego, el mundo se tornó relámpagos y humo, aullidos, barro y sangre. Sin saber si estaba herido o no, saltó arrastrado por su caballo entre el bosque de bayonetas. Descargó sablazos sobre cuanto tenía a su alcance, golpeó, tajó con desesperada ferocidad, gritando como un poseso, sordo y ciego, empujado por un odio inaudito, con el ansia de exterminar a la Humanidad entera. Una cabeza hendida hasta los dientes, una masa de hombres revolcándose en el barro bajo las patas de los caballos, un rostro moreno y aterrado, la sangre chorreando por hoja y empuñadura, el chasquido del acero sobre la carne, un muñón sanguinolento donde antes había una mano que empuñaba una bayoneta, *Noirot* encabritado, un húsar que descargaba sablazos a ciegas con la cara cubierta de sangre, más caballos sin jinete que relinchaban despavoridos, gritos, batir de aceros, disparos, fogonazos, humo, alaridos, caballos que se pisaban las tripas, hombres cuyas entrañas eran pisoteadas por caballos, acuchillar, degollar, morder, aullar.

Llevado de su impulso, el escuadrón arrasó todo un vértice del cuadro y siguió la cabalgada, desviándose a la izquierda por efecto del choque. Frederic se vio de pronto fuera de las líneas enemigas, sosteniéndose sobre la silla, entumecido el brazo que empuñaba el sable. La corneta ordenaba reagruparse para una nueva carga, y los húsares recorrieron un trecho antes de recobrar el control de sus monturas, que galopaban alocadamente. Frederic dejó colgar el sable del cordón de la muñeca y tiró con fuerza de las riendas de *Noirot*, frenándolo casi sobre el terreno, patinando los cuartos traseros sobre el suelo húmedo. Después, sin aliento, zumbándole los oídos y sintiendo la sangre palpitarle con fuerza en las sienes, envarada la nuca por un dolor atroz, espoleó de nuevo su montura hacia el estandarte en torno al cual se arremolinaba el escuadrón.

Al comandante Berret le colgaba inerte al costado el brazo derecho, roto de un balazo. Estaba muy pálido, pero lograba mantenerse sobre la silla, con el sable en la mano izquierda y las riendas entre los dientes. Su único ojo ardía como un carbón encendido. Dombrowsky, intacto en apariencia, tan frío y tranquilo como si en vez de en una carga hubiese participado en un ejercicio, se acercó al comandante, lo saludó con una inclinación de cabeza y tomó el mando.

—¡Primer Escuadrón del 4.º de Húsares...! ¡Carguen! ¡Carguen!

Frederic tuvo tiempo de percibir una fugaz visión de Michel de Bourmont con la cabeza descubierta y el dormán desgarrado, levantando el sable mientras el escuadrón se lanzaba de nuevo al ataque. Los caballos fueron ganando otra vez velocidad, se acompasó el retumbar de los cascos, y los húsares empezaron a cerrar filas mientras acortaban distancia con el cuadro enemigo. La lluvia caía ahora con fuerza y las patas de los animales chapoteaban en el barro, arrojándolo a ráfagas sobre los jinetes que galopaban detrás. Frederic espoleó a *Noirot* colocándose aproximadamente en su puesto, al frente y en el ala izquierda de la primera línea. Le sorprendió ver que ningún oficial cabalgaba a su lado, hasta que de pronto recordó el caballo de Philippo galopando sin jinete tras la explosión de la granada, antes del choque.

El cuadro estaba rodeado de cuerpos de hombres y caballos tendidos en tierra. De sus filas, ya menos nutridas, partió una descarga que se abatió sobre el escuadrón. El caballo del portaestandarte Blondois hincó la cabeza, recorrió un trecho tropezando sobre las patas delanteras y derribó a su jinete. De la fila se adelantó un húsar sin colbac, con la coleta y trenzas rubias agitándose al viento de la galopada, que arrebató el estandarte de las manos de Blondois antes de que éste rodase por tierra. Era Michel de Bourmont. A Frederic se le erizó la piel y se puso a gritar «¡Viva el Emperador!» con un entusiasmo coreado por los hombres que cabalgaban a su alrededor.

El cuadro español estaba a menos de cincuenta varas, pero la humareda de pólvora era ahora tan densa que apenas se podían distinguir sus contornos. Algo rápido y ardiente le rozó a Frederic la mejilla derecha, haciendo vibrar el barboquejo de cobre. Extendió el brazo armado con el sable mientras *Noirot* franqueaba de un salto un caballo muerto con su jinete debajo. Un reguero de fogonazos perforó la cortina de humo. Se encogió tras el cuello del caballo para eludir el vendaval de plomo y volvió a erguirse, ileso, con la boca seca y el cuerpo crispado por la tensión. Apretó los dientes, se afirmó en los estribos y se encontró dando sablazos entre un bosque de bayonetas que buscaban su cuerpo.

Luchó por su vida. Luchó con todo el vigor de sus diecinueve años hasta que el brazo llegó a pesarle como si fuese de plomo. Luchó atacando y parando, tirando estocadas, sablazos, hurtando el cuerpo a las manos que intentaban derribarlo del caballo, abriéndose paso entre aquel laberinto de barro, acero, sangre, plomo y pólvora. Gritó su miedo y su bravura hasta tener la garganta en carne viva. Y por segunda vez se encontró cabalgando fuera de las filas enemigas, a campo abierto, con la lluvia azotándole la cara, rodeado de caballos sin jinete que galopaban enloquecidos. Se palpó el cuerpo y sintió una alegría feroz al no encontrar herida alguna. Sólo al llevarse la mano a la mejilla derecha, que le escocía, la retiró manchada de sangre.

El metálico quejido de la corneta congregaba de nuevo al escuadrón en torno al estandarte. Frederic tiró de las bridas y recobró el control de su caballo. Había varias monturas con la silla vacía que erraban de un lado para otro, heridos que se agitaban en el barro, tendiendo los brazos implorantes a su paso. Frederic miró la hoja del sable, que había afilado sólo unas horas antes, y la encontró mellada y tinta en sangre, con fragmentos de cerebro y cabellos adheridos a ella. La limpió con repugnancia en la pernera del pantalón y espoleó a *Noirot* en pos de sus camaradas.

El comandante Berret ya no aparecía por ninguna parte. De Bourmont, con un tajo en la frente y otro en el muslo, sostenía en alto el estandarte; sus ojos relucían detrás de una máscara de sangre que le manchaba las trenzas y el mostacho, cuando miró a Frederic sin reconocerlo. Seguía lloviendo. Junto a él, cruzado el sable sobre el pomo de la silla, tan sereno como en una parada militar, Dombrowsky tiraba del freno de su montura esperando que el escuadrón se agrupase de nuevo.

—¡Primer Escuadrón del 4.º de Húsares...! —el sable del capitán apuntó hacia el cuadro, que a pesar de los dos embates sufridos todavía mantenía la formación, aunque entre la humareda podía verse que sus filas habían clareado de forma terrible. ¡Viva el Emperador...! ¡Carguen!

Los supervivientes del escuadrón corearon el grito de batalla, cerraron filas y avanzaron por tercera vez hacia el enemigo. Frederic ya no era dueño de sus actos; sentía un profundo cansancio, una amarga desesperación al comprobar que el odiado cuadro verde todavía aguantaba, a pesar de haber recibido sobre el terreno dos demoledoras cargas de la mejor caballería ligera del mundo. Había que terminar aquello de una vez, había que aplastarlos a todos, degollarlos y arrojar una tras otra sus cabezas al fango, pisotearlos bajo las herraduras de los caballos hasta convertirlos en barro ensangrentado. Había que borrar a aquel obstinado grupo de hombrecillos verdes de la faz de la tierra, y él, Frederic Glüntz, de Estrasburgo, era quien iba a hacerlo. Por el maldito Dios que sí.

Espoleó por enésima vez a *Noirot*, apretando filas con los húsares que cabalgaban a su lado. Ya no estaba allí Maugny. Ni Laffont. El Primer Escuadrón había perdido la mitad de sus oficiales. Una compañía del Octavo Ligero que había avanzado tras los húsares se encontraba muy cerca del cuadro verde, castigándolo continuamente con descargas cerradas. Los fogonazos de los disparos brillaban con mayor intensidad, porque la tarde declinaba y el espeso manto de nubes se oscurecía ya sobre las montañas que cerraban el valle hacia el horizonte.

Volvió a sonar la corneta, volvió a acompasarse el galope de los caballos, volvió Frederic a empuñar firme el sable, a asegurarse sobre la silla y los estribos. Cansados, los animales hundían las patas en el barro, resbalaban y saltaban en los charcos, pero finalmente alcanzó el escuadrón la velocidad de carga. La distancia que lo separaba de la formación enemiga fue disminuyendo rápidamente y llegaron otra vez los disparos, la humareda, los gritos y el fragor del choque, como si se tratase de una pesadilla destinada a repetirse hasta el fin de los tiempos.

Había una bandera. Una bandera blanca con letras bordadas en oro. Una bandera española, defendida por un grupo de hombres que se apiñaban en torno como si de ello dependiera su salvación eterna. Una bandera española era la gloria. Sólo había que llegar hasta allí, matar a los que la defendían, tomarla y blandirla con un grito de triunfo. Era fácil. Por Dios, por el diablo, que era fácil. Frederic exhaló un grito salvaje y tiró bruscamente de las riendas, forzando a su caballo a acudir hacia ella.

Ya no había cuadro; tan sólo puñados de hombres que se defendían a pie firme, aislados, blandiendo sus bayonetas en desesperado esfuerzo por mantener alejados a los húsares que los acuchillaban desde sus caballos. Un español que sostenía el fusil por el cañón se cruzó en el camino de Frederic, atacándolo a culatazos. El sable se levantó y bajó tres veces, y el enemigo, ensangrentado hasta la cintura, cayó bajo las patas de *Noirot*.

La bandera estaba defendida por un viejo suboficial de blancos bigotes y patillas, rodeada por cuatro o cinco oficiales y soldados que se batían a la desesperada, espalda contra espalda, peleando como lobos acosados que defendieran a sus cachorros contra los húsares que perseguían el mismo fin que Frederic. Cuando éste llegó a ellos, el suboficial, herido en la cabeza y en los dos brazos, apenas podía sostener el estandarte. Un joven alto y delgado, con galones de teniente y un sable en la mano, procuraba parar los golpes que se dirigían contra el maltrecho abanderado, cuyas piernas empezaban a flaquear. Cuando el viejo suboficial se derrumbó, el teniente arrancó de sus manos el asta, y lanzando un grito terrible intentó abrirse paso a sablazos entre los enemigos que lo rodeaban. Ya sólo dos de sus compañeros se tenían en pie en torno a la enseña. «¡No hay cuartel!», gritaban los húsares que se arremolinaban alrededor de la bandera, cada vez más numerosos. Pero los españoles no pedían cuartel. Cayó uno con la cabeza abierta, luego otro se derrumbó alcanzado por un pistoletazo. El que sostenía el estandarte estaba cubierto de sangre de arriba abajo, los húsares lo acuchillaban sin piedad y había recibido ya una docena de heridas. Frederic se abrió paso y le hundió varias pulgadas de su sable en la espalda, mientras otro húsar arrancaba la bandera de sus manos. Al verse privado de la enseña, pareció como si el ansia de pelear abandonase al moribundo. Bajó el sable, abatido, cayó de rodillas y un húsar lo remató de un sablazo en el cuello.

El cuadro estaba deshecho. La infantería francesa acudía a la bayoneta dando vivas al Emperador, y los españoles supervivientes arrojaban las armas y echaban a correr, buscando la salvación en la fuga hacia el bosque cercano.

La corneta tocó a degüello: no había cuartel. Por lo visto, a Dombrowsky le había exasperado la tenaz resistencia y quería dar un escarmiento. Eufóricos por la victoria, los húsares se lanzaron en persecución de los fugitivos que chapoteaban en el barro corriendo por sus vidas. Frederic galopó de los primeros con los ojos inyectados en sangre, balanceando el sable, dispuesto a hacer todo lo posible para que ni un solo español llegase vivo a la linde del bosque.

Era un juego de niños. Los iban alcanzando uno a uno, acuchillándolos sin detenerse, sembrando los campos de cuerpos inmóviles y ensangrentados. *Noirot* llevó a Frederic hasta un español que corría, la cabeza descubierta y desarmado, sin volverse a mirar atrás, como si pretendiese ignorar la muerte que cabalgaba a su espalda, atento sólo a los árboles próximos entre los que veía su salvación.

Pero no hubo salvación posible. Con una sensación de haber vivido antes la misma escena, Frederic galopó hasta su altura, levantó el sable y lo dejó caer sobre la cabeza del fugitivo hendiéndola en dos mitades, como una sandía. Echó una ojeada sobre la grupa y vio el cuerpo de bruces, piernas y brazos abiertos, aplastado contra el barro. Otros dos húsares pasaron por su lado, lanzando jubilosos gritos de victoria. Uno de ellos llevaba ensartado en la punta del sable un chacó español manchado de sangre.

Frederic se unió a ellos en la persecución de un grupo de cuatro fugitivos. Los húsares se desafiaban unos a otros a ver quién llegaba antes, por lo que espoleó furiosamente a *Noirot*, resuelto a ganar la carrera. Los españoles corrían con las piernas manchadas de fango tropezando en el lodo, angustiados al ver cómo sus perseguidores acortaban la distancia. Uno de ellos, convencido de la inutilidad de su esfuerzo, se detuvo de pronto y se volvió hacia los húsares, quieto y desafiante, los brazos en jarras. Con la frente orgullosamente erguida vio cómo Frederic y sus dos compañeros llegaban hasta él, y sus ojos relampaguearon en el rostro tiznado por la pólvora, bajo el cabello revuelto y sucio, hasta que los perseguidores llegaron a su altura y le cortaron la cabeza.

Poco más adelante alcanzaron al resto, derribándolos a sablazos uno tras otro. Los árboles ya estaban próximos, se habían acercado a ellos en diagonal. La corneta del escuadrón tocaba llamada para reunir a los húsares dispersos; Frederic estaba a punto de tirar de las riendas para volver grupas. Entonces miró a la izquierda y los vio.

Salían del bosque en una línea compacta. Era un centenar de jinetes con petos verdes y chacós negros galoneados de oro. Cada uno de ellos llevaba apoyada en el estribo derecho una larga lanza ornada con una pequeña banderola roja. Se quedaron unos momentos inmóviles y majestuosos bajo la lluvia, como si contemplasen el campo de batalla en el que acababa de ser acuchillado medio millar de sus compatriotas. Después sonó una corneta, coreada por gritos de pelea, y la línea de jinetes bajó las lanzas antes de arrancar al galope, como diablos sedientos de venganza, cargando de flanco contra el desordenado escuadrón de húsares.

A Frederic se le heló la sangre en las venas mientras de su garganta brotaba un grito de angustia. Los dos húsares próximos, que se habían vuelto al escuchar la corneta enemiga, tiraron del freno de sus caballos, haciéndolos deslizarse sobre los cuartos traseros por el barro, y picaron espuelas para alejarse de allí a toda prisa.

Por todas partes los húsares volvían grupas, retirándose en total confusión. Parte de la línea de jinetes españoles alcanzó a un nutrido grupo cuyas fatigadas monturas eran ya incapaces de mantener la distancia frente a los que ahora eran sus perseguidores, equipados con caballos frescos y con lanzas contra las que nada podía hacer el sable. El choque fue breve y decisivo. Los lanceros ensartaron a sus adversarios, derribándolos de sus monturas en desordenado tropel de hombres y caballos. Algunos húsares que todavía conservaban cargadas carabinas o pistolas, montados o pie a tierra, hacían fuego contra los jinetes que barrían el campo como una ola desenfrenada, como una mortal guadaña que segaba a su paso todo rastro de vida. Desconcertado, todavía sin saber qué hacer, Frederic vio cómo la línea de lanceros alcanzaba el centro del escuadrón, y cómo el estandarte se agitaba en lo alto y después caía abatido entre un bosque de lanzas. No pudo distinguir nada más, porque un grupo de lanceros se apartó del grueso de la formación y cargó contra los ocho o diez húsares que todavía se encontraban dispersos en las proximidades, aislados de los restos del escuadrón. Frederic sintió como si despertase de un sueño; un hormigueo de terror le recorrió los muslos y el vientre. Entonces agachó la cabeza, inclinó el cuerpo sobre el cuello de *Noirot* y lo espoleó brutalmente, golpeándole la grupa con el plano del sable, lanzándolo en alocada carrera para que le ayudase a salvar la vida.

Los llevaba detrás, muy cerca. *Noirot* estaba al límite de sus fuerzas, cubierto el bocado de espuma, la lluvia y el sudor chorreándole por la piel reluciente. El caballo de un húsar que galopaba delante hundió las patas delanteras en un charco y proyectó al jinete sobre las orejas. El húsar se incorporó a medias, cubierto de barro de la cabeza a los pies, con una pistola en una mano y el sable en la otra. Por un segundo, Frederic pensó tenderle una mano para subirlo a la grupa, pero descartó la idea; su propio peso era ya demasiado para el pobre *Noirot*. El húsar derribado lo vio pasar sin detenerse, disparó su última bala contra los lanceros que venían detrás y levantó débilmente el sable antes de recorrer un trecho pataleando sobre el barro, ensartado en el asta de una lanza.

Frederic, que se había vuelto a medias para contemplar horrorizado la escena, comprendió que las fuerzas de su caballo flaqueaban por momentos. *Noirot* avanzaba dando botes, tropezando con las piedras, resbalando en el lodo. Del galope había pasado casi a un trote dolorido. Los flancos del animal palpitaban con violencia en el esfuerzo y la respiración le hacía brotar vaharadas de vapor de los ollares. Los lanceros le daban alcance sin remedio, se podía escuchar con claridad el sonido de los cascos de sus monturas, los gritos con que se animaban unos a otros en la bárbara cacería.

Frederic estaba enloquecido por el pánico. Era un miedo cerval, espantoso, atroz. La cabeza le daba vueltas mientras buscaba con la mirada algún lugar donde guarecerse. Sentía tensos los músculos de la espalda, crispados como si esperase de un momento a otro sentir el crujido de sus costillas rompiéndose bajo el aguzado hierro que presentía próximo. Quería vivir. Vivir a toda costa, aunque fuera mutilado, ciego, inválido… Anhelaba vivir con todas sus fuerzas, se negaba a morir allí, en el valle cubierto de barro, bajo el cielo gris que ya oscurecía con rapidez, en aquella lejana y maldita tierra a la que jamás debió llegar. No quería terminar solo y acosado como un perro, ensartado cual macabro trofeo en el asta de una lanza española.

Con un último esfuerzo, *Noirot* alcanzó la linde del bosque, internándose entre los primeros árboles, tropezando con los matorrales, haciendo caer sobre Frederic ráfagas de agua de las ramas próximas. El animal, fiel hasta el fin a su noble instinto, anduvo todavía un trecho antes de derrumbarse entre los arbustos con un desgarrado relincho de agonía, los flancos empapados en sangre, atrapando bajo su cuerpo estremecido por los últimos estertores una pierna del jinete.

Frederic recibió el golpe en el costado izquierdo, sobre el hombro y la cadera. Quedó aturdido, con el rostro entre el barro y las hojas secas, ajeno a cuanto le rodeaba hasta que escuchó el galope próximo de un caballo. Entonces recordó las largas lanzas españolas e intentó ansiosamente incorporarse. Tenía que echar a correr, tenía que alejarse de allí antes de que sus perseguidores le cayesen encima.

Noirot estaba inmóvil, las entrañas reventadas por el esfuerzo, y sólo de vez en cuando exhalaba débiles relinchos y agitaba la cabeza, con los ojos turbios de agonía. Frederic intentó liberar su pierna aprisionada. El sonido de los cascos estaba cada vez más cerca, casi allí mismo. Mordiéndose los labios para no gritar de terror, apoyó las manos manchadas de barro contra el lomo del caballo, empujando con toda el alma para liberarse.

En el bosque, a su alrededor, sonaban gritos y disparos. El sable atado a su muñeca le estorbaba los movimientos, por lo que se arrancó el cordón de la mano con dedos temblorosos. Hurgó nerviosamente en las fundas del arzón, empuñando la pistola que todavía no había sido disparada. Volvió a empujar con todas sus fuerzas, sintiéndose al borde del desmayo. En el mismo instante en que lograba sacar la pierna de debajo de su caballo moribundo, una silueta verde apareció entre los árboles lanza en ristre, cabalgando directamente hacia él.

Rodó sobre sí mismo buscando la protección de un tronco cercano. Las lágrimas corrían por sus mejillas cubiertas de lodo y hojas cuando levantó la pistola empuñándola con ambas manos, apuntando al pecho del jinete. Al ver el arma, el lancero encabritó el caballo. El fogonazo del disparo nubló la visión de Frederic, la pistola le saltó de las manos. Un relincho, un golpe pesado entre los arbustos. Vio las patas del caballo agitándose en el aire, arrastrando al jinete en su caída. Había fallado el tiro, le había dado a la montura. Con un grito desesperado, ahogándose en el áspero olor a pólvora quemada, concentró sus fuerzas en un encarnizado afán de sobrevivir. Se incorporó como pudo, saltó sobre el cuerpo inmóvil de *Noirot*, se metió entre las patas del otro caballo y cayó sobre el lancero que intentaba levantarse, rota el asta de la lanza, ya con medio sable fuera de la vaina. Golpeó el rostro del español hasta que éste comenzó a echar sangre por la nariz y los oídos. Fuera de sí, emitiendo desgarradas imprecaciones, martilleó con los puños cerrados sobre los ojos de su adversario, mordió la mano que intentaba empuñar el sable, escuchando crujir huesos y tendones entre sus dientes. Aturdido por la caída y los golpes, el lancero intentaba protegerse el rostro ensangrentado con los brazos, gimiendo como un animal herido. Rodaron ambos por el suelo, empapados en barro, bajo la lluvia que seguía goteando de las ramas de los árboles. Con la energía que le daba la desesperación, Frederic agarró con las dos manos el sable del lancero, medio fuera de la vaina, y fue empujando pulgada a pulgada el palmo de hoja desnuda hacia la garganta de su enemigo. Ponía en ello toda la fuerza que podía reunir, apretando los dientes de forma que le crujía la mandíbula, aspirando entrecortadas bocanadas de aire. Los ojos ya ciegos del lancero parecían a punto de salirse de las órbitas bajo las cejas hinchadas, rotas y sangrantes. A tientas, el español agarró una piedra y la estrelló contra la boca de Frederic. Sintió éste crujir sus encías, saltar los dientes hechos pedazos. Escupió dientes y sangre mientras con un último, salvaje esfuerzo, con un grito inhumano que brotó del fondo de sus entrañas, llevó el afilado borde del sable a la garganta de su enemigo, presionando a derecha e izquierda, hasta que un viscoso chorro rojo le saltó a la cara, y los brazos del español se desplomaron, inertes, a los costados.

Se quedó allí, tumbado de bruces sobre el cadáver del lancero, abrazado a él y sin fuerzas para moverse, brotando de sus destrozados labios un gemido ronco. Estuvo así largo rato con la certeza de que se estaba muriendo sin remedio, tiritando de frío, con un dolor tan agudo en las sienes y la boca que parecía le hubieran desollado toda la cabeza. No pensaba en nada; su cerebro estaba al rojo vivo, era una masa incandescente y martirizada. Se escuchó a sí mismo rogando a Dios que le permitiera dormir, perder el conocimiento; pero el suplicio de su boca aplastada lo mantenía despierto.

El cuerpo del español estaba rígido y frío. Frederic se deslizó a un lado, quedando boca arriba. Abrió los ojos y vio el cielo negro sobre las copas de los árboles cuajadas de sombras. Era de noche.

El fragor del combate continuaba en la distancia. Se incorporó con doloroso esfuerzo hasta quedar sentado. Miró alrededor sin saber adónde encaminarse. Su estómago vacío lo atormentaba con terribles punzadas, así que buscó a tientas la silla del lancero muerto. No halló nada, pero sus manos torpes encontraron el sable. De todas formas, la boca le ardía como si tuviera fuego dentro. Se levantó tambaleante, el sable en la mano, y echó a andar entre los árboles, hundiendo las botas en el fango. No le importaba hacia dónde iba; su única obsesión era alejarse de allí.

La gloria

Caminó sin rumbo, internándose en el bosque. De vez en cuando se detenía, apoyado en el tronco de un árbol, tembloroso y empapado, llevándose las manos a la boca destrozada que le hacía gemir de dolor. Había dejado de llover, pero las ramas seguían goteando mansamente. Entre los matorrales podía ver a lo lejos quebrarse la oscuridad bajo los fogonazos de la lucha que continuaba. El chisporroteo de las descargas se percibía con nitidez; el combate rugía como una tormenta lejana.

Los disparos resonaron a veces en el bosque, no lejos de él, aumentando su zozobra. Resultaba imposible averiguar dónde se hallaban las líneas francesas; habría que esperar al amanecer para dirigirse a ellas. Se estremeció. La sola idea de caer en manos de los españoles lo angustiaba hasta el punto de arrancarle estertores de animal acosado. Tenía que salir de allí. Tenía que retornar a la luz, a la vida.

Tropezó con unas ramas caídas y dio de bruces en el barro. Se levantó chapoteando y se echó hacia atrás el cabello revuelto y enlodado, mirando temeroso las sombras que lo cercaban. En cada una creía descubrir un enemigo.

Sentía un frío intenso, atroz. Las mandíbulas le temblaban aumentando el dolor de sus encías sangrantes y deshechas. Se palpó con la lengua los dientes que le quedaban: había perdido toda la mitad izquierda de la boca, podía notar entre la monstruosa inflamación ocho o diez raíces astilladas. El dolor se le extendía a las quijadas, el cuello y la frente. Todo el cuerpo le ardía de fiebre; la infección y el frío iban a terminar con él si no hallaba un lugar donde cobijarse.

Distinguió una luz entre los árboles. Quizá fueran franceses, así que se encaminó hacia ella, rogando a Dios para no toparse con una patrulla española. El resplandor aumentaba a medida que se iba acercando; se trataba de un incendio. Anduvo con toda clase de precauciones, observando con cautela los alrededores.

Era una casa situada en un claro. Ardía con fuerza a pesar de la lluvia reciente, derrumbándose la techumbre entre un torbellino de chispas, propagándose también el fuego a las ramas de algunos árboles próximos. Las llamas brotaban arrancando intensos silbidos de vapor a la madera mojada.

Había un grupo de hombres junto al claro. Podía distinguir los chacós y los fusiles, recortados a contraluz sobre el resplandor del incendio. Desde el lugar en que se hallaba, Frederic no podía saber si eran españoles o franceses, así que permaneció agazapado entre los arbustos, apretando la empuñadura del sable. Oyó el relincho de un caballo y unas voces confusas en lengua que no pudo identificar.

No se atrevía a aproximarse más por temor a hacer ruido entre los matorrales. Incluso aunque se tratara de franceses podían disparar sobre él, sin reconocer su uniforme bajo la capa de barro que le cubría el cuerpo. Esperó durante largo rato, indeciso. Si eran españoles y lo atrapaban, podía considerarse hombre muerto, y quizá no con la rapidez deseable en tales circunstancias.

Estaba cansado; viejo y cansado. Se sentía como un anciano que hubiese envejecido cincuenta años en pocas horas. La última jornada desfiló ante sus ojos hinchados por la fatiga como si se tratase de cosas ocurridas hacía mucho tiempo, durante toda una vida. La tienda en el campamento, el sable que refulgía bajo la luz del candil, Michel de Bourmont fumando su pipa… Michel. De nada le había servido su juventud, su belleza, su valor. Aquel estandarte abatido entre un haz de lanzas enemigas, aquel quejido de agonía de la corneta tocando inútilmente llamada, aquellas monturas sin jinete que erraban por el valle enfangado, bajo la lluvia. Al menos, se dijo, Michel de Bourmont había caído a caballo, viéndole la cara a la muerte como Philippo, como Maugny, como Laffont, como los demás. No estaban, con Frederic, agazapados en el barro, encogidos de terror, esperando de un momento a otro ver surgir la muerte a traición desde las sombras; una muerte sucia, oscura, indigna de un húsar. Amargo, el joven consideró que había sido un largo camino para terminar aplastado en el lodo, como un perro.

Pero atención: él estaba vivo. El pensamiento se fue abriendo paso hasta hacerlo sonreír con una mueca feroz. Todavía estaba vivo, su pulso seguía latiendo, el cuerpo le ardía, pero lo sentía arder. Los otros, en cambio, se encontraban a estas horas yertos y fríos, cadáveres empapados que yacían en el valle… Quizá hasta los habían despojado de sus botas.

La guerra. ¡Qué lejos estaba de las enseñanzas de la escuela militar, de los manuales de maniobra, de los desfiles ante una multitud encandilada por el brillo de los uniformes!... Dios, si es que había un Dios más allá de aquella siniestra bóveda negra que rezumaba humedad y muerte, concedía a los hombres un pequeño rincón de tierra para que ellos, a sus anchas, creasen allí el infierno.

Y la gloria. Mierda de gloria, mierda para todos ellos, mierda para el escuadrón. Mierda para el estandarte por el que había sucumbido Michel de Bourmont, que en aquel momento estaría siendo paseado como trofeo por uno de esos lanceros españoles. Que se quedaran todos ellos con su maldita gloria, con sus banderas, con sus vivas al Emperador. Era él, Frederic Glüntz, de Estrasburgo, el que había cabalgado contra el enemigo, el que había matado por la gloria y por Francia, y que ahora estaba tirado en el barro, en un bosque sombrío y hostil, aterido de frío, con hambre y sed, la piel ardiéndole de fiebre, solo y perdido. No era Bonaparte quien estaba allí, por el diablo que no. Era él. Era *él*.

La calentura le hacía dar vueltas la cabeza. Ay, Claire Zimmerman, con su lindo vestido azul, con los bucles dorados que relucían a la luz de los candelabros. ¡Si vieras a tu apuesto húsar!... Ay, Walter Glüntz, respetable cabeza de honrado comerciante que miraba con orgullo a su hijo oficial. ¡Si lo pudieras ver ahora!...

Al diablo. Al diablo todos ellos con su romántica y estúpida idea de la guerra. Al diablo los héroes y la caballería ligera del Emperador. Nada de eso se sostenía a la luz de aquella terrible oscuridad, entre los matorrales, junto al resplandor del incendio cercano.

Lo acometió un violento cólico. Desabotonó el pantalón y se quedó allí en cuclillas, sintiendo la inmundicia deslizarse entre sus botas, angustiado ante la idea de que los españoles lo sorprendieran así. Barro, sangre y mierda. Eso era la guerra, eso era todo, Santo Dios. Eso era todo.

Los soldados se iban. Dejaban el claro iluminado por las llamas sin que hubiera podido averiguar su nacionalidad. Se quedó inmóvil, agazapado hasta que el rumor se alejó.

Sólo escuchaba ya el crepitar de las llamas. El fuego suponía un riesgo, lo iluminaría al acercarse. Pero también era calor, vida, y él se estaba muriendo de frío. Apretó fuerte el sable en la mano y se acercó despacio, encorvado, sobresaltándose cada vez que sus botas chapoteaban demasiado o quebraban una rama.

El claro estaba desierto. Casi desierto. La luz danzante de las llamas iluminaba dos cuerpos tendidos en tierra. Se acercó a ellos con toda clase de precauciones; ambos vestían la casaca azul y el calzón blanco de un regimiento francés de línea. Estaban rígidos y fríos, sin duda llevaban allí varias horas. Uno de ellos, boca arriba, tenía la cara destrozada por innumerables tajos causados por un sable o una bayoneta. El otro yacía de costado, en posición fetal. A ése lo habían matado de un tiro.

Les habían quitado las armas, los correajes y las mochilas. Una de ellas estaba cerca, junto a un montón de tizones humeantes, abierta y con el contenido desparramado por el suelo, sucio y roto: un par de camisas, unos zapatos de suela agujereada, una pipa de barro partida en tres pedazos... Frederic buscó impaciente algo que comer. Sólo encontró en el fondo de la mochila un poco de tocino y se lo llevó a la boca con ansia; pero las encías inflamadas le escocieron de modo terrible. Se pasó el tocino al lado derecho de la boca, sin mejor resultado. Era incapaz de masticar. Lo acometió una fuerte náusea y cayó de rodillas, vomitando bilis en hondas arcadas. Estuvo así un rato, con la cabeza apoyada en las manos, hasta que logró serenarse. Después, con agua de un charco, se enjuagó la boca en inútil intento de aliviar el dolor; se incorporó y fue hasta las llamas, apoyándose en una pared de adobe de la arruinada choza. El calor inundó su cuerpo con tan grata sensación que le rodaron lágrimas por las mejillas. Permaneció así un rato, la ropa humeando de vapor, hasta que consiguió secarla un poco.

Corría grave peligro en el claro, iluminado por el incendio. Cualquiera que rondara por las inmediaciones podía descubrirlo. Pensó una vez más en los rostros morenos y crueles de los campesinos, de los guerrilleros, de los soldados… ¿Acaso había diferencia en aquella maldita España? Con un esfuerzo de voluntad se apartó de las llamas y anduvo apoyándose en la cerca. Los restos de razón que conservaba le decían que permanecer allí era un suicidio, pero su cuerpo seguía reacio a obedecer. Se detuvo de nuevo, miró indeciso hacia las llamas y después contempló la oscuridad del bosque, a su alrededor.

Estaba muy cansado. La perspectiva de volver a arrastrarse de nuevo en la oscuridad, entre los matorrales empapados, lo hizo tambalearse. Observó su propia sombra, que las llamas hacían oscilar muy larga a sus pies. Estaba perdido, seguramente destinado a morir.

Junto al fuego, al menos, no perecería de frío. Retrocedió entre la lluvia de brasas y cenizas y descubrió un lugar resguardado, junto a un muro de piedra y adobe, a cinco o seis varas de la hoguera. Se acurrucó allí con el sable entre las piernas, apoyó la cabeza en el suelo y se quedó dormido.

Soñó que cabalgaba por campos devastados, sobre un fondo de incendios lejanos, entre un escuadrón de esqueletos enfundados en uniformes de húsar que volvían hacia él sus cráneos descarnados para mirarlo en silencio. Dombrowsky, Philippo, De Bourmont... Todos estaban allí.

Lo despertó el frío del amanecer. El incendio se había apagado y sólo quedaban tizones que humeaban entre cenizas. El cielo clareaba hacia el este y entre las copas de los árboles relucían algunas estrellas. No había vuelto a llover. El bosque seguía en sombras, pero ya se podían distinguir sus contornos.

El rumor de la batalla se había extinguido; el silencio era total, sobrecogedor. Frederic se incorporó, frotándose el cuerpo dolorido. Tenía muy hinchado el lado izquierdo de la cara; le dolía de forma espantosa, incluyendo el oído, por el que no captaba sonido alguno; tan sólo un zumbido interno que parecía brotar de lo más hondo del cerebro. El párpado del ojo izquierdo también estaba cerrado por la hinchazón. Apenas veía por él.

Intentó orientarse. El sol salía por el este. Quiso recordar la disposición aproximada del campo de batalla, donde el bosque quedaba hacia el oeste, cerca de la aldea que el Octavo Ligero había atacado el día anterior. Haciendo esfuerzos para concentrarse calculó que las líneas francesas, en el momento en que se perdió, se encontraban hacia el sudeste. La situación podía haberse modificado durante la noche, pero eso no había forma de saberlo.

Se preguntó quién habría ganado.

Echó a andar en dirección al día que se levantaba. Caminaría hasta la linde del bosque, observando con prudencia los alrededores, y por ella intentaría acercarse a los cerros en los que la tarde anterior se apoyaban las líneas francesas. No estaba muy seguro de sus fuerzas: el estómago lo atormentaba con intensas punzadas, la boca y la cabeza le ardían. Avanzaba tropezando con ramas y arbustos, y de vez en cuando se veía obligado a detenerse, sentándose en el barro. Marchó así durante una hora. Poco a poco, la luz grisácea del amanecer fue barriendo las sombras hasta permitirle ver con claridad cuanto había a su alrededor. Al inclinar la cabeza podía contemplar su pecho, brazos y piernas, cubiertos por una costra de barro seco y hojas; el dormán estaba desgarrado, habían saltado la mitad de los botones. Tenía las manos rugosas y ásperas, con negra suciedad bajo las uñas rotas. De pronto, miró el sable que sostenía en la mano y comprobó con sorpresa que no era el suyo. Hizo memoria y recordó al español entre las patas del caballo, intentando sacarlo de la vaina. Se echó a reír como un demente; olvidaba que había degollado al lancero con su propio sable. El cazador cazado por el cazador a quien intentaba dar caza. Absurdo trabalenguas. Ironías de la guerra.

Había un pequeño claro bajo una enorme encina. Iba a pasar de largo cuando vio un caballo muerto, con la silla forrada de piel de carnero característica de los húsares. Se acercó con curiosidad; quizá su jinete estuviera cerca, vivo o no. Descubrió un cuerpo tendido entre los matorrales y se aproximó con el corazón saltándole en el pecho. No era francés. Tenía trazas de campesino, con polainas de cuero y casaca gris. Estaba boca abajo, con un trabuco cerca de las manos crispadas. Agarró la cabeza por los cabellos y le miró el rostro. Llevaba patillas de boca de hacha, barba de tres o cuatro días, y su color era el amarillento de la muerte. Cosa por otra parte lógica, habida cuenta del boquete que tenía en mitad del pecho, por el que había salido un reguero de sangre que ahora estaba bajo su cuerpo, mezclada con el barro. Sin duda era un campesino, o un guerrillero. Todavía no tenía la rigidez característica de los cadáveres, por lo que dedujo que llevaba poco tiempo muerto.

—La verdad es que no es muy guapo —dijo una voz en francés a su espalda.

Frederic dio un respingo y soltó la cabeza, volviéndose mientras levantaba el sable. A cinco varas de distancia, con la espalda apoyada en el tronco de la encina, había un húsar. Estaba medio sentado, en camisa y con el dormán azul extendido sobre el estómago y las piernas. Tendría unos cuarenta años, con un frondoso mostacho y dos largas trenzas que le pendían sobre los hombros. Los ojos eran de un gris ceniza; la piel muy pálida. Su chacó rojo estaba a un lado, el sable desnudo al otro, y sostenía una pistola en la mano derecha, apuntándole.

Aturdido por la sorpresa, Frederic se fue inclinando hasta quedar de rodillas frente al desconocido.

—Cuarto de Húsares... —murmuró con voz apenas audible—. Primer Escuadrón.

La inesperada aparición soltó una carcajada, interrumpiéndola de inmediato con un rictus de dolor que le contrajo el rostro. Cerró un momento los párpados, volvió a abrirlos, escupió a un lado y sonrió mientras bajaba la pistola.

—Tiene gracia. Cuarto de Húsares, Primer Escuadrón... Yo también soy del Primer Escuadrón, querido... Yo *era* del Primer Escuadrón, sí. ¿No tiene gracia? Por la cochina madre de Dios que tiene gracia, vaya que sí... Nunca te hubiera reconocido con ese uniforme rebozado en barro. ¿Te conozco? No, creo que ni tu propia madre te reconocería con esa jeta aplastada, hinchada como un pellejo de vino. ¿Cómo te lo hicieron?... Bueno, dime quién eres de una maldita vez, en lugar de estarte ahí mirándome como un pasmarote.

Frederic clavó el sable en el suelo, junto a su muslo derecho.

—Glüntz. Subteniente Glüntz, Primera Compañía.

El húsar lo miró, interesado.

—¿Glüntz? ¿El subteniente joven? —movió la cabeza, como si le costase trabajo aceptar que estuviesen hablando de la misma persona—. Por los clavos de Cristo, que no hubiera sido capaz de reconocerlo jamás... ¿De dónde sale con ese aspecto?

—Un lancero me dio caza. Perdimos los caballos y peleamos en tierra.

—Ya veo... Fue ese lancero el que le dejó la cara así, ¿verdad? Es una pena. Recuerdo que era usted un guapo mozo... Bueno, subteniente, disculpe si no me levanto y saludo, pero no ando bien de salud. Me llamo Jourdan... Armand Jourdan. Veintidós años de servicio, Segunda Compañía.

—¿Cómo llegó hasta aquí?

El húsar sonrió como si la pregunta fuera una estupidez.

—Como usted, supongo. Galopando como alma que lleva el diablo, con tres o cuatro de esos jinetes de peto verde haciéndome cosquillas con sus lanzas en el culo... Al internarme en el bosque les di esquinazo. Anduve toda la noche por ahí, encima del pobre *Falú*, el buen animal que tiene usted al lado, muerto de un trabucazo. Ese hijo de puta al que usted le miraba la cara hace un momento fue quien me lo mató.

Frederic se volvió a mirar el cadáver del español.

—Parece un guerrillero... ¿Fue usted quien le dio el balazo?

—Claro que fui yo. Ocurrió hace cosa de una hora; *Falú* y yo andábamos intentando regresar a las líneas francesas, caso de que todavía existan, cuando ese tipo salió de los matorrales, descerrajándonos su andanada en las narices. Mi pobre caballo fue quien se llevó la peor parte... —miró con tristeza hacia el animal muerto—. Era un buen y fiel amigo.

—¿Qué ha sido del escuadrón?

El húsar se encogió de hombros.

—Sé lo mismo que usted. Quizá a estas horas ya ni exista. Esos lanceros nos la jugaron bien, dejándonos pasar y cargándonos después de flanco. Yo iba con cuatro compañeros: Jean-Paul, Didier, otro al que no conocía y ese sargento bajito y rubio, Chaban... Los fueron cazando detrás de mí, uno a uno. No les dieron la menor oportunidad. Con los caballos exhaustos después de tres cargas y la persecución, aquello era como cazar ciervos amarrados a un poste.

Frederic levantó el rostro y miró al cielo. Entre las copas de los árboles se veían grandes claros de cielo azul.

—Me pregunto quién habrá ganado la batalla —comentó, pensativo.

—¡Cualquiera sabe! —dijo el húsar—. Desde luego, subteniente, ni usted ni yo.

—¿Está herido?

Su interlocutor miró a Frederic en silencio durante un rato, y después una sonrisa sarcástica apareció en un extremo de su boca.

—Herido no es la palabra exacta —dijo, con la expresión de quien saborea una broma que sólo él puede entender—. ¿Ve usted el trabuco de ese fiambre? —preguntó señalando el arma con su pistola—. ¿Ve esa bayoneta plegable de dos palmos de larga que tiene junto al cañón...? Bueno, pues antes de que lo mandara al infierno, ese hijo de puta mezclada con un obispo tuvo tiempo de hurgarme con ella en las tripas.

Mientras hablaba, el húsar apartó el dormán que tenía sobre el estómago, y Frederic soltó una exclamación de horror. La bayoneta había entrado en la pierna derecha un poco por encima de la rodilla, desgarrando longitudinalmente todo el muslo y parte del bajo vientre. Por la espantosa herida, llena de grandes coágulos de sangre, se veían brillar huesos, nervios y parte de los intestinos. Con su cinto y las correas del portapliegos, el húsar se había atado el muslo en inútil intento por mantener cerrados los bordes de la brecha.

—Ya lo ve, subteniente —comentó mientras volvía a cubrirse con el dormán—. Yo ya estoy listo. Por suerte no me duele demasiado; tengo toda la parte inferior del cuerpo como dormida… Lo curioso es que, al rajarme, la bayoneta no debió de tocar ningún vaso importante; habría muerto desangrado hace rato.

Frederic estaba espantado por la fría resignación del veterano.

—No puede quedarse así —balbuceó, sin saber muy bien qué era lo que podía hacerse por el herido—. Tengo que llevarlo a alguna parte, buscar ayuda. Eso… Eso es atroz.

El húsar se encogió otra vez de hombros. Todo parecía importarle un bledo.

—No hay nada que pueda hacerse. Aquí, por lo menos, con la espalda apoyada en este árbol, estoy cómodo.

—Quizá puedan curarlo…

—No diga tonterías, subteniente. Después de una hora así, con toda esta suciedad, esto es infección segura. En veintidós años he visto muchos casos por el estilo, y ya tengo el colmillo retorcido para hacerme ilusiones… El viejo Armand sabe cuándo los naipes vienen mal dados.

—Si no le prestan ayuda, morirá sin remedio.

—Con ayuda o sin ella, yo voy aviado. No tengo humor para andar de un lado para otro pisándome las tripas. Prefiero estar aquí, tranquilo y a la sombra. Ocúpese de sus propios asuntos.

Los dos quedaron en silencio durante un largo rato. Frederic sentado en el suelo, rodeándose las rodillas con los brazos; el húsar, con los ojos cerrados, apoyada la cabeza en el tronco de la encina, indiferente a la presencia del joven. Por fin Frederic se levantó, desclavó su sable del suelo y se acercó al herido.

—¿Puedo hacer algo por usted antes de irme?

El húsar abrió despacio los ojos y miró a Frederic como si le sorprendiera verlo todavía allí.

—Puede que sí —dijo lentamente, mostrándole la pistola que seguía manteniendo entre los dedos—. La descargué contra ese tipo, y me gustaría tener una bala dentro por si se acerca algún otro... ¿Le importaría cargármela? En mi silla hay todo lo necesario.

Frederic agarró la pistola por el largo cañón y se encaminó hacia el caballo muerto. Encontró un saquito de pólvora y una bolsa con balas. Cargó el arma, empujó con la baqueta y la dejó lista. Se la llevó al herido, entregándole también el sobrante de pólvora y munición.

El húsar contempló apreciativamente el arma, la sopesó un momento en la palma de la mano y la amartilló.

—¿Desea algo más? —le preguntó Frederic.

El húsar lo miró. Había un destello de burla en sus ojos.

—Hay un pueblecito en el Béarn donde vive una buena mujer cuyo marido es soldado y está en España —murmuró, y Frederic creyó percibir en su voz un remoto rastro de ternura que desapareció de inmediato—. En otro momento, subteniente, es posible que le hubiera dicho el nombre de ese pueblo, por si alguna vez pasaba por allí... Pero ahora me da lo mismo. Además, si he de serle franco, usted huele a muerto, como yo. Dudo mucho que regrese a Francia, ni a ninguna otra parte.

Frederic lo miró, desagradablemente sorprendido.

—¿Qué ha dicho?

El húsar cerró los ojos y volvió a apoyar la cabeza en el tronco.

—Lárguese de aquí —ordenó con voz desmayada—. Déjeme en paz.

Frederic se alejó, confuso, con el sable en la mano. Pasó junto a los cadáveres del caballo y el guerrillero y todavía se volvió a mirar atrás, aturdido. El húsar seguía inmóvil, los ojos cerrados y la pistola en la mano, indiferente al bosque, a la guerra y a la vida.

Anduvo un trecho entre los matorrales y se detuvo a cobrar aliento. Entonces oyó el disparo. Dejó caer el sable, se cubrió la cara con las manos y se puso a llorar.

Al cabo de un rato echó a andar de nuevo. Ignoraba ya dónde estaba el este, dónde el oeste. El bosque era un laberinto donde resultaba imposible orientarse, una trampa que olía a podredumbre, a humedad, a muerte. La pesadilla no tenía fin, su cuerpo entumecido apenas podía dar un paso, el dolor de la cara lo enloquecía. Se miró las manos vacías, vio que había olvidado el sable y volvió atrás a buscarlo; pero a los pocos pasos se detuvo. Al diablo el sable, al diablo con todo. Anduvo sin rumbo fijo, errante, tropezando y golpeándose contra los árboles. La vista se le nublaba, la cabeza daba vueltas como sumida en un torbellino. La fiebre le hacía hablar en voz alta, delirante. Conversaba con sus compañeros, con Michel de Bourmont, con su padre, con Claire... Ya lo había entendido, ya lo había logrado entender. Como

Pablo en el camino de Damasco, había caído del caballo... La idea lo hizo reír a carcajadas, que sonaron espectrales en el silencio del bosque. Dios, Patria, Honor... Gloria, Francia, Húsares, Batalla... Las palabras salían de su boca una tras otra, las repetía cambiando el tono de voz. Se estaba volviendo loco, por su vida que sí. Lo estaban volviendo loco entre todos, allí, a su alrededor, susurrándole estupideces sobre el deber, sobre la gloria... El húsar moribundo era el único que entendía la cuestión, por eso se había pegado un pistoletazo. El muy tunante, perro viejo, había sabido tomar el atajo. Vaya que sí. Los demás no tenían maldita idea de nada, romántica y estúpida Claire, infeliz Michel... Mierda, barró y sangre, eso era. Soledad, frío y miedo, un miedo tan enloquecedoramente espantoso que daba ganas de gritar de pura y desnuda angustia.

Gritó. A pesar del dolor de su boca hinchada y supurante, gritó hasta que dejó de oírse. Gritó al cielo, a los árboles. Gritó al mundo entero, insultó a Dios y al diablo. Se abrazó al tronco de un árbol y se echó a reír mientras lloraba. El dormán, cubierto de barro seco, estaba rígido como una coraza. Se lo arrancó de encima y lo arrojó entre los arbustos. Buen paño, primorosamente bordado, vaya que sí. Se pudriría en el humus de aquel podrido bosque junto a Noirot, junto al húsar que se había pegado un tiro, junto a todos los imbéciles, hombres y animales, que se dejaban atrapar en la ronda macabra. Quizá, pronto, junto al propio Frederic.

Se estaba volviendo loco. Se estaba volviendo loco. Se estaba volviendo loco, maldita sea. ¿Dónde estaba Berret? ¿Dónde estaba Dombrowsky? ¿Dónde estaba el coronel Letac, una carga, ejem, caballeros, que haga correr a esos piojosos por toda Andalucía…? Al infierno, al diablo todos. Se había dejado atrapar como un imbécil. Ellos también, pobres tipos, se habían dejado atrapar. Todo el universo se había dejado atrapar, por el amor de Dios, ¿no había nadie que se diera cuenta? Que lo dejaran también a él en paz. ¡Sólo quería irse de allí! ¡Que lo dejaran en paz, por misericordia…! ¡Se estaba volviendo loco y sólo tenía diecinueve años!

El húsar moribundo tenía razón. Los viejos soldados, eso lo descubría ahora, siempre tenían razón. Por eso se callaban. Ellos *sabían*, y el conocimiento, la sabiduría, los tornaba silenciosos. Ellos sabían, al diablo con todo. Pero no se lo contaban a nadie; eran viejos zorros astutos. Que cada palo aguantara su vela, que cada cual aprendiera por sí solo. En ellos no había valor; había *indiferencia*. Estaban al otro lado del muro, más allá del bien y del mal, como el abuelo de Frederic, el viejo Glüntz, que se dejó morir cansado de esperar la muerte. No había nada más que hacer, el camino estaba espantosamente claro. Honor, Gloria, Patria, Amor… Había un punto sin retorno, al que se llegaba tarde o temprano, en el que todo se tornaba superfluo, adquiría sus límites precisos, su exacta dimensión. Ella estaba allí, plantada en mitad del camino, con una guadaña tan letal como un escuadrón de lanceros. No había nada más, no había rutas de escape. Era absurdo correr, era absurdo detenerse. Sólo quedaba acudir con calma a su encuentro y acabar de una maldita vez.

Todo pareció de pronto muy simple, elementalmente sencillo. Frederic se detuvo y hasta profirió una exclamación, sorprendido por no haber sido capaz de averiguarlo antes. Llegó tambaleante a la linde del bosque y allí se detuvo, todavía maravillado de su descubrimiento, enflaquecido y febril, desfigurado y cubierto de barro, con el cabello revuelto y los ojos brillándole como brasas. Contempló el cielo azul, los campos salpicados de olivos color ceniza, las aves que volaban sobre lo que había sido un campo de batalla, y soltó una formidable carcajada dirigida a todo cuanto lo rodeaba.

Se sentó sobre el tocón de un árbol con una rama seca en las manos, hurgando abstraído la tierra entre sus botas manchadas de lodo. Y cuando vio acercarse por la linde del bosque el grupo de campesinos armados con hoces, palos y navajas, se levantó despacio con la cabeza erguida, miró sus rostros cetrinos y aguardó, inmóvil y sereno. Pensaba en el abuelo Glüntz, en el húsar herido bajo la gran encina. Y no sentía más que una cansada indiferencia.

Majadahonda, julio de 1983

Índice